下尺丹几乙し丹下と
Translated Language Learning

Alices Abenteuer im Wunderland

Liisan Seikkailut Ihmemaassa

Lewis Carroll

Deutsch / Suomi

Runter in den Kaninchenbau
Kanin reikään

Alice fing an, sehr müde zu werden
Liisa alkoi olla hyvin väsynyt
Sie saß neben ihrer Schwester auf der Grasbank
Hän istui sisarensa vieressä nurmikolla
aber sie hatte nichts zu tun
Mutta hänellä ei ollut mitään tekemistä
Ihre Schwester las ein Buch
Hänen sisarensa luki kirjaa
Ein- oder zweimal schaute Alice in das Buch
kerran tai kaksi Liisa kurkisti kirjaan
aber das Buch enthielt keine Bilder oder Gespräche
Mutta kirjassa ei ollut kuvia tai keskusteluja
"Was nützt ein Buch ohne Bilder?", dachte Alice
"Mitä hyötyä on kirjasta ilman kuvia?", ajatteli Liisa
"Warum sollte ein Buch keine Gespräche führen?"
"Miksi kirjassa ei olisi keskusteluja?"
Aber sie hatte noch andere Dinge zu bedenken

Mutta hänellä oli muita asioita harkittavana

"Es wäre ein Vergnügen, eine Kette aus Gänseblümchen zu machen"

"Päivänkakkaraketjun tekeminen olisi ilo"

"Aber lohnt es sich, aufzustehen und die Gänseblümchen zu pflücken??"

"Mutta onko vaivan arvoista nousta ylös ja poimia koiranputkea??"

Das war nicht so leicht zu denken

Tätä ei ollut niin helppo ajatella

weil sie sich an diesem Tag schläfrig und dumm fühlte

Koska päivä sai hänet tuntemaan olonsa uneliaaksi ja tyhmäksi

aber plötzlich wurden ihre Gedanken unterbrochen

Mutta yhtäkkiä hänen ajatuksensa keskeytyivät

ein weißes Kaninchen mit rosa Augen lief dicht an ihr vorbei

valkoinen kani, jolla oli vaaleanpunaiset silmät, juoksi hänen lähellään

Es war nichts übermäßig Bemerkenswertes an dem Kaninchen

Kanissa ei ollut mitään liian merkittävää

und Alice fand das Kaninchen auch nicht bemerkenswert

eikä Liisa pitänyt kaniakaan merkittävänä

auch überraschte es sie nicht, als das Kaninchen sprach

eikä häntä yllättänyt, kun Kani puhui

»O je! Ich werde zu spät kommen!« sagte er zu sich selbst

"Voi rakas! Minä myöhästyn liian myöhään!" sanoi hän itsekseen

aber dann tat das Kaninchen etwas, was Kaninchen nicht tun

mutta sitten kani teki jotain, mitä kanit eivät tehneet

das Kaninchen zog eine Uhr aus der Westentasche

Kani otti kellon liivitaskustaan

Er schaute auf die Uhr und eilte dann weiter

Hän katsoi aikaa ja kiiruhti sitten eteenpäin

Alice erhob sich erstaunt

Liisa nousi hämmästyneenä jaloilleen

Sie hatte noch nie zuvor ein Kaninchen mit Weste gesehen!

Hän ei ollut koskaan ennen nähnyt kania, jolla oli liivi!

noch hatte sie je ein Kaninchen mit einer Uhr gesehen!

eikä hän ollut koskaan nähnyt kania kellon kanssa!

Alice brannte vor neuer Neugierde

Liisa paloi uudesta uteliaisuudesta

und sie rannte über das Feld hinter dem Kaninchen her

ja hän juoksi pellon poikki Kanin perässä

Sie kam gerade noch rechtzeitig, um das Kaninchen verschwinden zu sehen

Hän oli juuri ajoissa nähdäkseen kanin katoavan

Das Kaninchen hüpfte in einen großen Kaninchenbau hinab

Kani hyppäsi alas suureen kaninkoloon

Im nächsten Augenblick stürzte Alice hinter dem Kaninchen her!

Toisessa hetkessä alas meni Liisa jäniksen perään!

Der Kaninchenbau ging geradeaus wie ein Tunnel

Kaninkolo meni suoraan eteenpäin kuin tunneli

und der Tunnel ging noch eine Weile weiter
ja tunneli jatkui jonkin matkaa
und dann senkte sich der Weg plötzlich hinunter
ja sitten polku yhtäkkiä putosi alas
Alice hatte keinen Augenblick, daran zu denken, ob sie sich zurückhalten sollte
Liisalla ei ollut hetkeäkään aikaa ajatella itsensä pysäyttämistä
Sie fiel hin und hinunter und hinunter
Hän huomasi kaatuvansa alas ja alas ja alas
Es schien, als sei sie in einen sehr tiefen Brunnen gefallen
Näytti siltä kuin hän olisi pudonnut hyvin syvään kaivoon
Entweder war der Brunnen sehr tief, oder sie fiel sehr langsam
Joko kaivo oli hyvin syvä tai hän putosi hyvin hitaasti
denn sie hatte viel Zeit zum Fallen
koska hänellä oli runsaasti aikaa pudota
Als sie fiel, konnte sie sich umsehen
Kun hän kaatui, hän pystyi katsomaan ympärilleen
Zuerst versuchte sie herauszufinden, wohin sie ging
Ensin hän yritti selvittää, minne hän oli menossa
aber der Brunnen war zu dunkel, um etwas zu sehen
mutta kaivo oli liian pimeä nähdäkseen mitään
Dann blickte sie auf die Seiten des Brunnens
Sitten hän katsoi kaivon reunoja
Und sie bemerkte, dass überall um sie herum Schränke standen
Ja hän huomasi, että hänen ympärillään oli kaappeja
und rings um den Brunnen waren Bücherregale
ja kaikkialla kaivon ympärillä oli kirjahyllyjä
Hier und da sah sie Karten und Bilder, die an Pflöcken hingen
Siellä täällä hän näki karttoja ja kuvia, jotka oli ripustettu tappeihin
Im Vorbeigehen nahm sie ein Glas aus einem der Regale
Hän otti purkin yhdeltä hyllyltä kulkiessaan ohi
Das Glas wurde für seinen Inhalt gekennzeichnet
Purkki oli merkitty sen sisällön vuoksi

"MARMELADE AUS ORANGEN"
"APPELSIINEISTA VALMISTETTU MARMELADI"
Aber zu ihrer großen Enttäuschung war das Marmeladenglas leer
Mutta hänen suureksi pettymykseen marmeladipurkki oli tyhjä
Sie wollte das leere Marmeladenglas nicht fallen lassen
Hän ei halunnut pudottaa tyhjää marmeladipurkkia
und ihr Fall war sehr langsam
ja hänen putoamisensa oli hyvin hidasta
So schaffte sie es, das Marmeladenglas in einen der Schränke zu stellen
Joten hän onnistui laittamaan marmeladipurkin yhteen kaapeista
Nieder, hinunter, hinunter fiel sie!
Alas, alas, alas hän putoaa!
Würde der Fall jemals ein Ende haben?
Loppuisiko lankeemus koskaan?
Es gab nichts anderes zu tun
Ei ollut muuta tekemistä
so fing Alice bald an, mit sich selbst zu reden
niin Liisa alkoi pian puhua itsekseen
»Dinah wird mich heute abend sehr vermissen, sollte ich meinen!«
"Dinah kaipaa minua kovasti tänä iltana, luulisin!"
Dinah war Alices Katze
Dinah oli Liisan kissa
»Ich hoffe, sie werden sich an ihre Untertasse mit Milch zur Teezeit erinnern.«
"Toivon, että he muistavat hänen maitolautasensa teeaikaan"
»Dinah, meine Liebe, ich wünschte, du wärst hier unten bei mir!«
"Dinah, rakas, toivon, että olisit täällä kanssani!"
Alice fühlte, als würde sie einschlafen
Liisa tunsi torkahtavansa
Und dann plötzlich, dumpf! Bums!
Ja sitten yhtäkkiä, tönäisy! jyskyttää!

Sie fiel auf einen Haufen Stöcke
alas hän putosi keppikasaan
und sie landete auf einem Haufen trockener Blätter
ja hän laskeutui kasaan kuivia lehtiä
Und endlich war der lange Sturz in das Loch vorbei
ja lopulta pitkä pudotus kuoppaan oli ohi
Alice war kein bisschen verletzt
Liisa ei ollut vähääkään loukkaantunut
und sie sprang in einem Augenblick auf
ja hän hyppäsi ylös hetkessä
Sie blickte auf, aber es war alles dunkel über ihr
Hän katsahti ylös, mutta yläpuolella oli pimeää
Vor ihr lag ein weiterer langer Korridor
Hänen edessään oli toinen pitkä käytävä
und das weiße Kaninchen war noch in Sicht
ja valkoinen kani oli vielä näkyvissä
Er eilte den Korridor hinunter
Hän kiiruhti käytävää pitkin
Es war kein Augenblick zu verlieren
Ei ollut hetkeäkään hukattavana
davonlief Alice wie der Wind
pois juoksi Liisa kuin tuuli
um die Ecke drehte sich das Kaninchen
kulman takana kääntyi kani
Sie kam gerade noch rechtzeitig, um das Kaninchen zu hören
Hän oli juuri ajoissa kuulemassa kania
"Oh, meine Ohren und Schnurrhaare"
"Voi, korvani ja viikseni"
"Wie spät es wird!"
"Kuinka myöhään se tulee!"
Sie war dicht hinter dem Kaninchen
Hän oli lähellä kanin takana
Sie bog um eine weitere Ecke
Hän kääntyi toisen kulman taakse
aber das Kaninchen war nicht mehr zu sehen
mutta Kania ei enää näkynyt

Sie befand sich in einer langen, niedrigen Halle
Hän löysi itsensä pitkästä, matalasta salista
Der Saal wurde von einer Reihe von Deckenlampen erleuchtet
Salia valaisi rivi kattovalaisimia
Überall im Saal gab es Türen
Ovia oli ympäri salia
aber alle Türen waren verschlossen
Mutta kaikki ovet olivat lukossa
Sie ging den ganzen Weg an der einen Seite des Flurs hinunter
Hän käveli koko matkan salin toista puolta pitkin
Und sie war den ganzen Weg auf der anderen Seite des Flurs hinaufgegegangen
ja hän oli kävellyt koko matkan salin toiselle puolelle
Sie hatte jede Tür ausprobiert
Hän oli kokeillut jokaista ovea
Und sie ging traurig in der Mitte des Saales entlang
ja hän käveli surullisena keskellä salia
"Wie komme ich da mal wieder raus?"
"Kuinka pääsen enää koskaan ulos?"

Plötzlich stieß sie auf einen kleinen Tisch
Yhtäkkiä hän tuli pienelle pöydälle
Der Tisch wurde komplett aus massivem Glas gefertigt
Pöytä oli valmistettu kokonaan kiinteästä lasista
Auf dem Tisch lag nichts als ein winziger goldener Schlüssel
Pöydällä ei ollut muuta kuin pieni kultainen avain
Der Schlüssel könnte zu einer der Türen gehören!
Avain saattaa kuulua johonkin ovista!
Aber ach! Einige der Schlösser waren zu groß für die Schlüssel
Mutta valitettavasti! Osa lukoista oli liian suuria avaimille
und für die anderen Schlösser war der Schlüssel zu klein
ja muille lukoille avain oli liian pieni
aber auf jeden Fall öffnete der Schlüssel keine der Türen
Mutta joka tapauksessa avain ei avannut mitään ovista
Aber was sollte sie tun?
Mutta mitä hänen piti tehdä?
Sie ging wieder durch den Saal
Hän meni salin läpi uudelleen
Und diesmal bemerkte sie einen niedrigen Vorhang
Ja tällä kertaa hän huomasi matalan verhon
Hinter dem Vorhang war eine kleine Tür
Verhon takana oli pieni ovi
Die Tür war etwa fünfzehn Zoll hoch
ovi oli noin viisitoista tuumaa korkea
Sie probierte den kleinen goldenen Schlüssel im Schloss aus
Hän kokeili pientä kultaista avainta lukossa
Und zu ihrer großen Freude passte der Schlüssel ins Schloss!
Ja hänen suureksi ilokseen avain mahtui lukkoon!
Alice öffnete die Tür
Liisa avasi oven
und sie fand, daß die Tür in einen kleinen Korridor führte
ja hän huomasi, että ovi johti pieneen käytävään
Der Korridor war nicht viel größer als ein Rattenloch
Käytävä ei ollut paljon suurempi kuin rotanreikä
Sie kniete nieder und blickte den Korridor entlang

Hän polvistui ja katsoi käytävää pitkin
Und sie sah den schönsten Garten, den du je gesehen hast
ja hän näki ihanimman puutarhan, jonka olet koskaan nähnyt
**wie sehr sie sich danach sehnte, aus dieser dunklen Halle
herauszukommen**
kuinka hän kaipasi päästä pois tuosta pimeästä salista
**wie sie sich wünschte, zwischen diesen leuchtenden Blumen
zu wandern**
Kuinka hän halusi vaeltaa noiden kirkkaiden kukkien keskellä
Wie cool die Erfrischung dieser Brunnen aussah
Kuinka siistiltä, virkistävältä nuo suihkulähteet näyttivät;
**aber sie konnte nicht einmal ihren Kopf durch die Tür
stecken**
Mutta hän ei saanut edes päätään oviaukosta
»Oh,« sagte Alice traurig
"Voi", Liisa sanoi murheellisena
**»wie sehr wünschte ich, ich könnte mich zusammenfalten
wie ein Fernrohr!«**
"Kuinka toivonkaan, että voisin taittaa kokoon kuin
kaukoputki!"
**"Ich glaube, ich könnte mich zusammenfalten wie ein
Teleskop"**
"Luulen, että voisin taittaa kokoon kuin kaukoputki"
"Wenn ich nur wüsste, wie ich anfangen sollte"
"jos vain tietäisin, miten aloittaa"
Alice ging zurück an den Tisch
Liisa meni takaisin pöytään
**Es bestand die Möglichkeit, einen weiteren Schlüssel zu
finden**
Oli mahdollisuus löytää toinen avain
Oder es gibt ein Buch mit Regeln
Tai siellä voi olla sääntökirja
**Das Buch könnte ihr sagen, wie man sich wie ein Teleskop
zusammenfaltet**
Kirja voisi kertoa hänelle, kuinka taittaa kokoon kuin
kaukoputki
Diesmal fand sie ein Fläschchen

Tällä kertaa hän löysi pienen pullon
"Diese Flasche war gewiß vorher nicht hier," sagte Alice
"Tämä pullo ei todellakaan ollut täällä ennen", sanoi Liisa
Und um den Flaschenhals war ein Papieretikett gebunden
ja pullon kaulan ympärille oli sidottu paperinen etiketti
**Das Etikett war wunderschön in großen Buchstaben
gedruckt**
Etiketti oli painettu kauniisti suurilla kirjaimilla
"TRINK MICH"
"JUO MINUT"
»Nein, ich werde erst nachsehen«, sagte sie
"Ei, katson ensin", hän sanoi
**"Ich werde sehen, ob die Flasche als giftig gekennzeichnet
ist oder nicht."**
"Katsotaan, onko pullo merkitty myrkylliseksi vai ei."
weil sie die Lektion über das Gift nie vergessen hat
Koska hän ei koskaan unohtanut myrkkyä koskevaa opetusta
**"Wenn eine Flasche als giftig gekennzeichnet ist, wird sie
Ihnen bestimmt nicht zustimmen"**
"Jos pullo on merkitty myrkylliseksi, se on varmasti eri mieltä
kanssasi"
Diese Flasche war jedoch nicht als giftig gekennzeichnet
Tätä pulloa ei kuitenkaan merkitty myrkylliseksi
so wagte Alice es, den Inhalt der Flasche zu kosten
niin Liisa uskaltautui maistamaan pullon sisältöä
Sie fand die Flüssigkeit ganz nach ihrem Geschmack
Hän löysi nesteen aivan mieleisekseen
Das Getränk hatte einen gemischten Geschmack
Juomassa oli eräänlainen sekamaku
Kirschkuchen, Vanillepudding und Ananas
Kirsikankirttu, vaniljakastike ja ananas
Gebratener Truthahn, Toffee und Toast mit heißer Butter
Paahdettua kalkkunaa, toffeea ja paahtoleipää kuumalla voilla
und bald trank sie die Flasche aus
ja pian hän lopetti pullon
"Was für ein merkwürdiges Gefühl!" sagte Alice
"Mikä kummallinen tunne!" sanoi Liisa

"Ich klappe mich zusammen wie ein Teleskop!"
"Taitan kokoon kuin kaukoputki!"
Und sie faltete sich tatsächlich zusammen wie ein Teleskop!
Ja hän taittui ylös kuin kaukoputki!
Sie war jetzt nur noch zehn Zentimeter groß
Hän oli nyt vain kymmenen tuumaa korkea
und ihr Gesicht erhellte sich bei ihren Gedanken
ja hänen kasvonsa kirkastuivat hänen ajatuksistaan
Jetzt hatte sie die richtige Größe für das Türchen
Nyt hän oli oikean kokoinen pieneen oveen
Jetzt konnte sie in diesen schönen Garten gehen
Nyt hän voisi mennä tuohon ihanaan puutarhaan
Bald hörte sie auf, kleiner zu werden
Pian hän lakkasi pienenemästä
Sie beschloß, sofort in den Garten zu gehen
Hän päätti mennä heti puutarhaan
aber wehe der armen Alice!
mutta valitettavasti Liisa parka!
Sie kam zur Tür
Hän pääsi ovelle
Aber sie hatte den kleinen goldenen Schlüssel vergessen
Mutta hän oli unohtanut pienen kultaisen avaimen
Sie ging zurück zum Tisch, um den Schlüssel zu holen
Hän meni takaisin pöytään hakemaan avainta
aber sie merkte, daß sie nicht hoch genug greifen konnte
Mutta hän huomasi, ettei hän voinut kurkottaa tarpeeksi
korkealle
**Sie konnte den Schlüssel ganz deutlich durch das Glas
sehen**
Hän näki avaimen aivan selvästi lasin läpi
Sie versuchte, die Beine des Tisches hinaufzuklettern
Hän yritti kiivetä pöydän jalkoja pitkin
Aber das Glas war viel zu rutschig
Mutta lasi oli aivan liian liukas
Irgendwann erschöpfte sie sich mit dem Versuch
Lopulta hän väsytti itsensä yrittämään
Und das arme kleine Mädchen setzte sich hin und weinte

ja pieni tyttöparka istuutui ja itki
Alice sprach ziemlich scharf mit sich selbst
Liisa puhui itsekseen melko terävästi
"Komm, es hat keinen Zweck, so zu weinen!"
"Tule, ei ole mitään hyötyä itkeä noin!"
"Ich rate dir, gleich aufzuhören!"
"Kehotan sinua lopettamaan juuri tällä hetkellä!"
Sie gab sich im Allgemeinen sehr gute Ratschläge
Hän antoi yleensä itselleen erittäin hyviä neuvoja
obwohl sie nur sehr selten ihren eigenen Rat befolgte
vaikka hän hyvin harvoin noudatti omia neuvojaan
und sie war manchmal zu streng mit sich selbst
ja hän oli joskus liian ankara itselleen
und ihre Worte trieben ihr Tränen in die Augen
ja hänen sanansa toivat kyyneleet hänen silmiinsä
Bald fiel ihr Blick auf einen kleinen Glaskasten
Pian hänen silmänsä osui pieneen lasilaatikkoon
Der kleine Glaskasten lag unter dem Tisch
Pieni lasilaatikko makasi pöydän alla
In dem Glaskasten befand sich ein sehr kleiner Kuchen
Lasilaatikossa oli hyvin pieni kakku
Auf dem Kuchen waren einige Worte schön geschrieben
Kakun päälle oli kirjoitettu kauniisti joitakin sanoja
die Worte waren in Johannisbeeren markiert worden
Sanat oli merkitty herukoihin
"MICH ESSEN"
"SYÖ MINUA"
"Nun, ich werde den Kuchen essen," sagte Alice
"No, minä syön kakun", sanoi Liisa
**"Und wenn mich der Kuchen größer werden lässt, kann ich
den Schlüssel erreichen"**
"ja jos kakku saa minut kasvamaan suuremmaksi, voin
saavuttaa avaimen"
**"Und wenn mich der Kuchen kleiner werden lässt, kann ich
unter die Tür kriechen"**
"ja jos kakku saa minut pienenemään, voin hiipiä oven alle"
"Also so oder so komme ich in den Garten"

"joten joka tapauksessa pääsen puutarhaan"
"Und es ist mir egal, was von beidem passiert!"
"enkä välitä siitä, kumpi näistä kahdesta tapahtuu!"
Sie aß ein wenig von dem Kuchen
Hän söi vähän kakkua
und sie sprach ängstlich zu sich selbst:
ja hän puhui huolestuneena itsekseen:
"In welche Richtung? In welche Richtung?"
"Millä tavalla? Millä tavalla?"
und sie hielt die Hand auf den Kopf
ja hän piti kättään päänsä päällä
Sie wollte spüren, in welche Richtung sie wuchs
Hän halusi tuntea, mihin suuntaan hän kasvoi
Sie war ganz überrascht, als sie erfuhr, was geschehen war
Hän oli melko yllättynyt huomatessaan, mitä oli tapahtunut
Sie war gleich groß geblieben!
Hän oli pysynyt samankokoisena!
Also verdoppelte sie dieses Mal ihre Bemühungen
Joten tällä kertaa hän kaksinkertaisti ponnistelunsa
Und bald war der ganze Kuchen fertig
ja pian hän viimeisteli koko kakun

Der Pool der Tränen
Kyynelten allas

"Das wird immer interessanter!" rief Alice
"Tästä tulee yhä mielenkiintoisempaa!" huudahti Liisa

Man kann sehen, dass sie sehr überrascht war
Voit nähdä, että hän oli hyvin yllättynyt

"Ich öffne mich wie das größte Teleskop, das es je gab!"
"Avaudun kuin suurin teleskooppi, joka on koskaan ollut!"

»Auf Wiedersehen, Füße! Oh, meine armen kleinen Füße"
"Hyvästi, jalat! Voi, pienet jalkaraukkani"

"Ich frage mich, wer euch jetzt die Schuhe anziehen wird, meine Lieben?"
"Ihmettelen, kuka laittaa kengät sinulle nyt, rakkaat?"

»und ich frage mich, wer Ihre Strümpfe anziehen wird?«
"ja ihmettelen, kuka laittaa sukkasi jalkaan?"

"Ich werde viel zu weit weg sein"
"Olen aivan liian kaukana"

"Ich werde mich nicht mehr um dich kümmern können"
"En voi enää vaivata itseäni sinusta"

In diesem Augenblick schlug ihr Kopf gegen etwas
Juuri tällä hetkellä hänen päänsä iski jotain vasten

Sie hatte das Dach des Saales erreicht
Hän oli päässyt salin katolle

Tatsächlich war sie jetzt mehr als zwei Meter groß
Itse asiassa hän oli nyt yli kaksi metriä pitkä

und sie ergriff sogleich den kleinen goldenen Schlüssel
ja hän tarttui heti pieneen kultaiseen avaimeen

und sie eilte zur Gartentür
ja hän kiiruhti puutarhan ovelle

Arme Alice! Es gab nicht viel, was sie tun konnte
Liisa parka! Hän ei voinut tehdä paljon

Sie legte sich auf die Seite
Hän makasi toisella puolella

Und sie blickte mit einem Auge in den Garten hinein
ja hän katsoi toisella silmällä puutarhaan

Aber durchzukommen war hoffnungsloser denn je
Mutta läpi pääseminen oli toivottomampaa kuin koskaan

Sie setzte sich und fing wieder an zu weinen

Hän istuutui ja alkoi taas itkeä

Sie fuhr fort, literweise Tränen zu vergießen

Hän jatkoi vuodattamista gallonaa kyyneleitä

Bald war ein großer Pool um sie herum

Pian hänen ympärillään oli suuri uima-allas

und das Wasser reichte bis zur Hälfte des Flurs

ja vesi ulottui salin puoliväliin

Nach einer Weile hörte sie ein leises Getrappel von Füßen

Jonkin ajan kuluttua hän kuuli pienen jalkojen räjähdyksen

Sie hörte die Füße aus der Ferne kommen

Hän kuuli jalkojen tulevan kaukaa

Und sie trocknete sich hastig die Augen, um zu sehen, was kommen würde

ja hän kuivasi kiireesti silmänsä nähdäkseen, mitä oli tulossa

Es war das weiße Kaninchen, das zurückkehrte

Se oli Valkoinen kani palaamassa

Er war prächtig gekleidet

Hän oli upeasti pukeutunut

Er hatte ein Paar weiße Handschuhe in der einen Hand

Hänellä oli valkoiset hanskat toisessa kädessään

Und in der anderen Hand hatte er einen großen Federfächer

ja hänellä oli suuri höyhentuuletin toisessa kädessä

Er kam in großer Eile dahergetrabt

Hän tuli raveissa kovalla kiireellä

und er murmelte vor sich hin: »Ach! die Herzogin, die Herzogin!«

ja hän mutisi itsekseen: "Voi! herttuatar, herttuatar!"

»Ach! wird sie nicht wild sein, wenn ich sie habe warten lassen?«

"Voi! Eikö hän ole villi, jos olen antanut hänen odottaa!"

Als das Kaninchen in ihre Nähe kam, sprach Alice
Kun Kani tuli hänen lähelleen, Liisa puhui
aber sie sprach mit leiser, schüchterner Stimme
Mutta hän puhui matalalla, aralla äänellä
"Sir, bitte hören Sie für einen Moment auf, was Sie tun"
"Herra, lopeta se, mitä teet hetkeksi"
Das Kaninchen erschrak heftig
Kani säikähti rajusti
Er ließ die weißen Handschuhe und den Federfächer fallen
Hän pudotti valkoiset hanskat ja höyhentuulettimen
und er eilte fort in die Dunkelheit, so schnell er konnte
ja hän ryntäsi pois pimeyteen niin nopeasti kuin pystyi
Alice hob den Federfächer und die Handschuhe auf
Liisa otti höyhenviuhkan ja hanskat käteensä
Und sie fächelte sich immer wieder Luft zu, während sie sprach
ja hän jatkoi itsensä tuulettamista, kun hän jatkoi puhumista
»Liebes, liebes Kind! Wie seltsam ist das alles heute!"
"Rakas, rakas! Kuinka outoa kaikki onkaan tänään!"
"Gestern ging es weiter wie bisher"

"Eilen asiat jatkuivat ihan normaalisti"
"War ich heute Morgen noch so, als ich aufgestanden bin?"
"Olinko sama, kun nousin tänä aamuna?"
"Aber wenn ich nicht mehr derselbe bin, dann ist das eine andere Frage"
"Mutta jos en ole sama, on toinen kysymys"
"Wer in aller Welt bin ich?"
"Kuka ihmeessä minä olen?"
"Ah, das ist das große Rätsel!"
"Ah, se on suuri palapeli!"
Während sie das sagte, blickte sie auf ihre Hände hinunter
Kun hän sanoi tämän, hän katsoi alas käsiinsä
Sie trug einen der kleinen weißen Handschuhe des Kaninchens
Hänellä oli yllään yksi kaneista, pienet valkoiset käsineet
Sie hatte nicht bemerkt, dass sie den Handschuh angezogen hatte, während sie sprach
Hän ei ollut huomannut laittaneensa hanskaa päähänsä puhuessaan
"Wie konnte ich das machen?" dachte sie
"Kuinka olen voinut tehdä sen?" hän ajatteli
"Ich muss wieder klein werden"
"Minun täytyy kasvaa taas pieneksi"
Sie stand auf und ging zum Tisch, um ihre Größe zu messen
Hän nousi ylös ja meni pöydän ääreen mittaamaan pituutensa
Sie stellte fest, dass sie jetzt etwa einen halben Meter groß war
Hän huomasi olevansa nyt noin puoli metriä pitkä
und sie schrumpfte immer noch schnell
ja hän kutistui edelleen nopeasti
Bald fand sie heraus, was die Ursache für das Schrumpfen war
Hän sai pian selville, mikä oli kutistumisen syy
Der Federfächer machte sie wieder kleiner!
Höyhentuuletin pienensi häntä jälleen!
Und sie ließ hastig den Federfächer fallen
ja hän pudotti höyhentuulettimen kiireesti

**Sie ließ den Federfächer gerade noch rechtzeitig fallen, um
sich zu retten**

Hän pudotti höyhentuulettimen juuri ajoissa pelastaakseen
itsensä

**Hätte sie sich noch länger Luft zugefächelt, wäre sie völlig
zusammengeschrumpft**

Jos hän olisi enää tuulettanut itseään, hän olisi kutistunut
kokonaan pois;

»Das war ein knappes Entkommen!« sagte Alice

"Se oli täpärä pakotie!" sanoi Liisa

und sie erschrak sehr über die plötzliche Veränderung

ja hän pelästyi kovasti äkillistä muutosta

aber sie war sehr froh, daß sie noch da war

Mutta hän oli hyvin iloinen huomatessaan, että hän oli yhä
olemassa

"Und jetzt ab in den Garten!"

"Ja nyt, pois puutarhaan!"

**Und sie lief mit aller Geschwindigkeit zurück zu der
kleinen Tür**

Ja hän juoksi nopeasti takaisin pienelle ovelle

Aber ach! Das Türchen wurde wieder geschlossen

Mutta valitettavasti! Pieni ovi suljettiin jälleen

**Und das goldene Schlüsselchen lag wieder auf dem
Glastisch**

ja pieni kultainen avain makasi taas lasipöydällä

"Es ist schlimmer als je!" dachte das arme Kind

"Asiat ovat pahemmin kuin koskaan", ajatteli lapsiparka

"So klein war ich noch nie, niemals!"

"En ole koskaan ennen ollut näin pieni, en koskaan!"

Bei diesen Worten rutschte ihr Fuß aus

Kun hän sanoi nämä sanat, hänen jalkansa luiskahti

Und im nächsten Augenblick gab es ein großes Plätschern!

Ja toisessa hetkessä oli suuri roiske!

Sie stand bis zum Kinn im Salzwasser

Hän oli leukaansa myöten suolavedessä

Ihre erste Idee war, dass sie irgendwie ins Meer gefallen war

Hänen ensimmäinen ajatuksensa oli, että hän oli jotenkin

pudonnut mereen
Sie erkannte jedoch bald, worin sie sich befand
Hän kuitenkin tajusi pian, missä hän oli
Sie war in einer Tränenlache
Hän oli kyynellammikossa
die Tränen, die sie geweint hatte, als sie zwei Meter groß war
kyyneleet, joita hän oli itkenyt ollessaan kaksi metriä pitkä

In diesem Augenblick hörte sie etwas
Juuri silloin hän kuuli jotain
Etwas plätscherte im Pool herum
Jotain roiskui uima-altaassa
Das Plätschern kam aus einiger Entfernung
Roiskeet tulivat vähän matkan päästä
und sie schwamm näher, um zu sehen, was das Plätschern war
ja hän ui lähemmäs nähdäkseen, mitä roiskeet olivat

Bald sah sie, dass es nur eine kleine Maus war
Hän huomasi pian, että se oli vain pieni hiiri
Auch die kleine Maus war ins Wasser geschlüpft
Pieni hiirikin oli livahtanut veteen
Alice dachte bei sich über die Situation nach
Liisa mietti tilannetta itsekseen
"Würde es etwas nützen, mit dieser Maus zu sprechen?"
"Olisiko mitään hyötyä puhua tälle hiirelle?"
"Hier unten steht alles auf dem Kopf"
"Täällä kaikki on niin ylösalaisin"
"Ich denke, es ist sehr wahrscheinlich, dass diese Maus sprechen kann."
"Pitäisin hyvin todennäköisenä, että tämä hiiri osaa puhua"
"Es schadet jedenfalls nicht, es zu versuchen"
"Ainakaan yrittämisestä ei ole haittaa"
Also begann sie zu versuchen, mit der Maus zu sprechen
Niinpä hän alkoi yrittää puhua hiirelle
"Oh Maus, kennst du den Weg aus diesem Pool?"
"Voi hiiri, tiedätkö tien ulos tästä altaasta?"
"Ich bin es leid, hier herumzuschwimmen, oh Maus!"
"Olen hyvin kyllästynyt uimaan täällä, voi hiiri!"
Die Maus schaute sie ziemlich neugierig an
Hiiri katsoi häntä melko uteliaasti
Die Maus schien mit einem ihrer kleinen Augen zu blinzeln
Hiiri näytti iskevän silmää yhdellä pienistä silmistään
Aber die kleine Maus sagte nichts
Mutta pieni hiiri ei sanonut mitään
"Vielleicht versteht die Maus kein Englisch!" dachte Alice
"Ehkä hiiri ei ymmärrä englantia", ajatteli Liisa
"Ich wage zu behaupten, es ist eine französische Maus"
"Uskallan väittää, että se on ranskalainen hiiri"
"Vielleicht kam diese Maus mit Wilhelm dem Eroberer herüber"
"ehkä tämä hiiri tuli William Valloittajan kanssa"
Also fing sie wieder an, auf Französisch
Niinpä hän aloitti uudelleen, ranskaksi
"Wo ist meine Katze?", fragte sie auf Französisch

"Missä kissani on?" hän kysyi ranskaksi
es war der erste Satz in ihrem französischen Unterrichtsbuch
se oli hänen ranskan oppikirjansa ensimmäinen lause
Die Maus machte einen plötzlichen Sprung aus dem Wasser
Hiiri hyppäsi yhtäkkiä vedestä
Und die Maus schien am ganzen Leibe vor Schreck zu zittern
ja hiiri näytti vapisevan pelosta
"Oh, ich bitte um Verzeihung!" rief Alice hastig
"Voi, pyydän anteeksi!" huudahti Liisa kiireesti
Sie fürchtete, sie habe die Gefühle des armen Tieres verletzt
Hän pelkäsi, että hän oli loukannut eläinparan tunteita
"Ich habe ganz vergessen, dass du keine Katzen magst"
"Unohdin täysin, ettet pitänyt kissoista"
"Ich mag keine Katzen!" rief die Maus mit schriller, leidenschaftlicher Stimme
"En pidä kissoista!" huusi Hiiri kiihkeällä, intohimoisella äänellä
"Hättest du gerne Katzen, wenn du ich wärst?"
"Haluaisitko kissoja, jos olisit minä?"
Alice tröstete die Maus in einem beruhigenden Ton
Liisa lohdutti hiirtä rauhoittavalla äänellä
"Naja, vielleicht würde ich an deiner Stelle auch keine Katzen mögen"
"No, ehkä en myöskään haluaisi kissoja, jos olisin sinä"
"Bitte ärgern Sie sich nicht über die Erwähnung von Katzen"
"Älä ole vihainen kissojen mainitsemisesta"
"Und doch wünschte ich, ich könnte dir unsere Katze Dina zeigen"
"Ja silti toivon, että voisin näyttää sinulle kissamme Dinahin"
"Wenn du sie treffen würdest, würdest du wohl Gefallen an Katzen finden"
"Jos tapaisit hänet, luulen, että pitäisit kissoista"
"Wenn du sie nur sehen könntest"
"Jos vain näkisit hänet"
"Sie ist so ein liebes, stilles Ding"
"Hän on niin rakas, hiljainen asia"

Die Maus zitterte am ganzen Körper

Hiiri tärisi kaikkialla

Alice war sich sicher, dass die Maus wirklich beleidigt sein musste

Liisa oli varma, että hiiri oli todella loukkaantunut

"Wir reden nicht mehr über sie, wenn du lieber nicht willst"

"Emme puhu hänestä enää, jos et halua"

"Wir, allerdings!" rief die Maus

"Me, todellakin!" huudahti Hiiri

Die Maus zitterte bis zum Ende ihres Schwanzes

Hiiri vapisi hännän päähän asti

»Als ob ich über so ein Thema reden würde!«

"Ikään kuin puhuisin sellaisesta aiheesta!"

"Unsere Familie hat Katzen schon immer gehasst"

"Perheemme vihasi aina kissoja"

"Katzen; Gemeine, niedrige, gemeine Dinger!"

"kissat; ilkeitä, alhaisia, mauttomia asioita!"

"Laß mich den Namen nicht noch einmal hören!"

"Älä anna minun kuulla nimeä enää!"

"Katzen will ich ja nicht mehr erwähnen!" sagte Alice

"En todellakaan mainitse kissoja enää!" sanoi Liisa

Sie hatte es sehr eilig, das Thema zu wechseln

Hänellä oli suuri kiire vaihtaa aihetta

"Bist du... Lieben Sie Hunde?«

"Oletko ... Pidätkö koirista?"

"Es gibt so einen netten kleinen Hund in der Nähe unseres Hauses."

"Talomme lähellä on niin mukava pieni koira."

"Ich möchte dir den kleinen Hund zeigen!"

"Haluaisin näyttää sinulle pienen koiran!"

"Dieser kleine Hund tötet alle Ratten und...

"Tämä pieni koira tappaa kaikki rotat ja...

»O je!« rief Alice in traurigem Tone

"Voi, rakas!" huudahti Liisa murheellisella äänellä

»Ich fürchte, ich habe dich schon wieder beleidigt!«

"Pelkään, että olen loukannut sinua taas!"

Die Maus schwamm so schnell sie konnte von ihr weg

Hiiri ui poispäin hänestä niin nopeasti kuin se pystyi
menemään
Und die Maus machte einen ziemlichen Aufruhr im Tümpel
ja hiiri teki melkoisen hälinän uima-altaassa
Da rief sie leise der Maus nach
Niinpä hän huusi hiljaa hiiren perään
"Meine liebe Maus, komm bitte zurück!"
"Rakas hiiri, tule takaisin!"
"Und wir werden nicht über Katzen sprechen"
"Emmekä puhu kissoista"
"Und über Hunde müssen wir auch nicht reden"
"Eikä meidän tarvitse puhua koiristakaan"
Als die Maus das hörte, drehte sie sich um
Kun hiiri kuuli tämän, se kääntyi ympäri
Und die kleine Maus schwamm langsam zu ihr zurück
ja pieni hiiri ui hitaasti takaisin hänen luokseen
Das Gesicht der Maus war ganz blaß
Hiiren kasvot olivat melko vaaleat
Und die Maus sprach mit leiser, zitternder Stimme
ja hiiri puhui matalalla, vapisevalla äänellä
"Lasst uns ans Ufer gehen"
"Mennään rannalle"
"Und dann erzähle ich dir meine Geschichte"
"ja sitten kerron sinulle historiani"
**"Und du wirst verstehen, warum ich Katzen und Hunde
hasse"**
"ja ymmärrät, miksi vihaan kissoja ja koiria"
Es war höchste Zeit zu gehen
Oli tullut korkea aika lähteä
weil der Pool ziemlich voll wurde
koska uima-allas oli melko täynnä
Andere Vögel und Tiere waren in den Pool gefallen
muut linnut ja eläimet olivat pudonneet altaaseen
es gab eine Ente und einen Dodo
siellä oli Ankka ja Dodo
und da waren ein Lory-Vogel und ein Adler
ja siellä oli Lory-lintu ja kotka

und es gab noch einige andere interessant aussehende Kreaturen
ja siellä oli useita muita mielenkiintoisen näköisiä olentoja
Alice führte den Weg aus dem Pool
Liisa näytti tietä ulos altaasta
und die ganze Gesellschaft der Tiere schwamm ans Ufer
ja koko joukko eläimiä ui rannalle

Ein Caucus-Rennen und ein langer Schwanz
Caucus-kilpailu ja pitkä häntä
Es waren in der Tat ein lustig aussehender Haufen Tiere
He olivat todellakin hauskan näköinen joukko eläimiä
und sie versammelten sich alle am Ufer des Wassers
ja he kaikki kokoontuivat veden rannalle
die Vögel hatten alle zerzauste Federn
Kaikilla linnuilla oli rypistyneet höyhenet
und die pelzigen Tiere waren durchnässt
ja karvaiset eläimet kastuivat läpikotaisin
und alle waren triefend nass, genervt und unwohl
ja kaikki tippuivat märkinä, ärsyyntyneinä ja epämukavina

Es gab eine Frage, die zuerst beantwortet werden musste
Ensin oli vastattava yhteen kysymykseen
Was ist der beste Weg für alle, um trocken zu werden?
Mikä on paras tapa kaikille kuivua?
Sie hatten eine Konsultation zu diesem Thema
He neuvottelivat asiasta
Bald waren sie alle auf vertrautem Einvernehmen

Pian he olivat kaikki tutuissa väleissä
Es war, als ob sie sie ihr ganzes Leben lang gekannt hätte
Oli kuin hän olisi tuntenut heidät koko elämänsä
Die Maus schien eine Person mit einer gewissen Autorität zu sein
Hiiri näytti olevan jonkin auktoriteetin henkilö
"Setzt euch, ihr alle, und hört mir zu!
"Istukaa alas, te kaikki, ja kuunnelkaa minua!
"Ich werde euch bald wieder alle trocken machen!"
"Laitan teidät pian taas kuiviksi!"
Sie setzten sich alle auf einmal in einem großen Ring nieder
He kaikki istuivat kerralla, suuressa renkaassa
Und die kleine Maus saß in der Mitte
ja pieni hiiri istui keskellä
"Ähm!" sagte die Maus mit einer wichtigen Miene
"Ahem!" sanoi hiiri tärkeällä tuulella
"Seid ihr bereit?"
"Oletteko kaikki valmiita?"
"Das ist das Trockenste, was ich kenne"
"Tämä on kuivin asia, jonka tiedän"
»Schweigen Sie ringsum, wenn Sie wollen!«
"Hiljaisuus kaikkialla, jos haluat!"
"Wilhelm der Eroberer wurde vom Papst begünstigt"
"William Valloittaja oli paavin suosiossa"
"aber er wurde bald von den Engländern unterworfen"
"mutta englantilaiset alistuivat häneen pian"
"Sie wollten in letzter Zeit Führer"
"He halusivat viime aikoina johtajia"
"Und sie waren an Macht und Eroberung gewöhnt"
"Ja he olivat tottuneet valtaan ja valloitukseen"
"Edwin und Morcar, die Grafen von Mercia und Northumbria"
"Edwin ja Morcar, Mercian ja Northumbrian jaarlit"
»Pfui!« sagte der Lori-Vogel mit einem Schauer
"Ugh!" sanoi lori-lintu väristen;
"und sogar Stigand, der patriotische Erzbischof von Canterbury"

"ja jopa Stigand, Canterburyn isänmaallinen arkkipiispa"
"Er fand es auch ratsam"
"Hän piti sitä myös suositeltavana"
"Was hielt er für ratsam?" fragte die Ente
"Mitä hän piti suositeltavana?" kysyi ankka
"Er fand es ratsam", antwortete die Maus ziemlich verärgert
"Hän piti sitä suositeltavana", hiiri vastasi melko ristiin
aber die Ente war nicht zufrieden
Mutta ankka ei ollut tyytyväinen
"Natürlich weißt du, was 'es' bedeutet"
"Tietysti tiedät, mitä 'se' tarkoittaa"
"Ich weiß, was es ist, wenn ich etwas finde," sagte die Ente
"Tiedän, mikä 'se' on, kun löydän jotain", sanoi ankka
"Es ist in der Regel ein Frosch oder ein Wurm"
"Se on yleensä sammakko tai mato"
"Die Frage ist, was hat der Erzbischof gefunden?"
"Kysymys kuuluu, mitä arkkipiispa löysi?"
Die Maus bemerkte diese Frage nicht
Hiiri ei huomannut tätä kysymystä
Stattdessen fuhr die Maus hastig mit der Rede fort
Sen sijaan hiiri jatkoi kiireesti puhetta
"Er fand es ratsam, mit Edgar Atheling zu gehen"
"hän piti suositeltavana mennä Edgar Athelingin kanssa"
"um William zu treffen und ihm die Krone anzubieten"
"tavata William ja tarjota hänelle kruunu"
fuhr die Maus fort und wandte sich dabei an Alice
hiiri jatkoi ja kääntyi Liisan puoleen puhuessaan
»Wie geht es dir jetzt, meine Liebe?«
"Kuinka voit nyt, kultaseni?"
»So naß wie immer,« sagte Alice in melancholischem Tone
"Yhtä märkä kuin ennenkin", sanoi Liisa surumielisellä äänellä
**"Diese Geschichte scheint mich überhaupt nicht
auszutrocknen"**
"Tämä tarina ei tunnu kuivattavan minua ollenkaan"
»In diesem Falle,« sagte der Dodo feierlich und erhob sich
"Siinä tapauksessa", dodo sanoi juhlallisesti ja nousi jaloilleen
"Ich stimme dafür, dass die Sitzung vertagt wird"

"Äänestän kokouksen keskeyttämisen puolesta"
"und ich schlage vor, sofort energischere Heilmittel zu ergreifen"
"ja ehdotan välittömästi energisempien korjaustoimenpiteiden käyttöönottoa"
"Sprich wahre Worte!" sagte der Adler
"Puhu oikeita sanoja!" sanoi kotka
"Ich weiß nicht, was die Hälfte dieser langen Worte bedeutet"
"En tiedä mitä puolet noista pitkistä sanoista tarkoittaa"
»und außerdem glaube ich nicht, daß Sie es wissen!«
"ja mikä parasta, en usko, että sinäkään tiedät!"
»Was ich sagen wollte«, sagte der Dodo in beleidigtem Ton
"Mitä aioin sanoa", sanoi dodo loukkaantuneella äänellä
"Das Beste, was uns trocken kriegt, wäre ein Caucus-Rennen"
"Paras tapa saada meidät kuiviin olisi caucus-kilpailu"
»Was ist ein Caucus-Rennen?« fragte Alice
"Mikä on kaukasus-rotu?" kysyi Liisa

"Nun", sagte der Dodo, "der beste Weg, es zu erklären, ist, es zu tun."

"No", sanoi dodo, "paras tapa selittää se on tehdä se."

"Zuerst steckte der Dodo eine Rennbahn ab"

"Ensin dodo merkitsi kilparadan"

"Die Strecke verlief in einer Art Kreis"

"Rata oli eräänlaisessa ympyrässä"

"Und dann wurde die ganze Gesellschaft entlang der Strecke platziert"

"Ja sitten kaikki puolueet sijoitettiin radan varrelle"

Es gab kein "Eins, zwei, drei und weg!"

Ei ollut "Yksi, kaksi, kolme ja pois!"

aber sie fingen an zu rennen, wann sie wollten

Mutta he alkoivat juosta, kun halusivat

Und sie beendeten auch, wenn sie wollten

Ja he myös lopettivat, kun halusivat

Es war also nicht einfach zu wissen, wann das Rennen vorbei war

Joten ei ollut helppoa tietää, milloin kilpailu oli ohi

Nach etwa einer halben Stunde Laufen waren sie alle ziemlich trocken

Noin puolen tunnin juoksun jälkeen ne olivat kaikki melko kuivia

der Dodo rief plötzlich: "Das Rennen ist vorbei!"

dodo huusi yhtäkkiä: "Kilpailu on ohi!"

Und sie drängten sich alle um den Dodo

ja he kaikki tungeksivat dodon ympärillä

Alle Tiere hechelten und schnauften

Kaikki eläimet huohottivat ja puhalsivat

und sie alle wollten wissen: "Aber wer hat gewonnen?"

ja he kaikki halusivat tietää: "Mutta kuka on voittanut?"

Diese Frage konnte der Dodo nicht sofort beantworten

Tähän kysymykseen dodo ei voinut heti vastata

Zuerst musste er sehr viel nachdenken

Ensin hänen täytyi miettiä paljon

Nach langem Nachdenken sprach der Dodo schließlich

Pitkän harkinnan jälkeen Dodo lopulta puhui

"Jeder hat gewonnen, und jeder muss Preise haben"
"Kaikki ovat voittaneet, ja kaikilla on oltava palkintoja"
»Aber wer soll die Preise geben?« fragte ein Chor von
Stimmen
"Mutta kuka antaa palkinnot?" kysyi äänikuoro
"Nun, sie natürlich", sagte der Dodo
"No, hän tietysti", sanoi dodo
und der Dodo deutete mit einem Finger auf Alice
ja dodo osoitti yhdellä sormella Liisa
und die ganze Gesellschaft von Tieren drängte sich um sie
ja koko eläinjoukko tungeksi hänen ympärillään
sie riefen verwirrt: »Preise! Preise!"
He huusivat hämmentyneenä: "Palkintoja! Palkintoja!"
Alice hatte keine Ahnung, was sie tun sollte
Liisalla ei ollut aavistustakaan, mitä tehdä
Verzweifelt steckte sie die Hand in die Tasche
Epätoivoissaan hän pani kätensä taskuunsa
Und sie zog eine Schachtel mit Süßigkeiten hervor
ja hän veti esiin laatikon makeisia
Glücklicherweise war das Salzwasser nicht in den Kasten
gelangt
Onneksi suolavesi ei ollut päässyt laatikkoon
Und sie reichte die Süßigkeiten als Preise herum
ja hän jakoi makeiset palkintoina
Es gab genau ein Stück für jeden
Jokaiselle oli tasan yksi pala
Das nächste, was sie tun mussten, war, die Süßigkeiten zu
essen
Seuraava asia, joka heidän täytyi tehdä, oli syödä makeisia
Dies verursachte einige Geräusche und Verwirrung
Tämä aiheutti melua ja hämmennystä
Die großen Vögel klagten, dass sie ihre Süßigkeiten nicht
schmecken konnten
Suuret linnut valittivat, etteivät he voineet maistaa makeisiaan
Die Kleinen verschluckten sich und mussten auf den
Rücken geklopft werden
Pienet tukehtuivat ja niitä piti taputtaa selkään

Doch dann war es endlich vorbei
Se oli kuitenkin vihdoin ohi
Und sie setzten sich wieder in einem Ring nieder
ja he istuutuivat taas kehään
Und sie flehten die Maus an, ihnen noch etwas zu erzählen
ja he pyysivät hiirtä kertomaan heille jotain lisää
»Du hast versprochen, mir deine Geschichte zu erzählen, weißt du,« sagte Alice
"Lupasit kertoa minulle historiasi", sanoi Liisa
und sie machte noch eine kleine Bemerkung über Katzen im Flüsterton
ja hän teki toisen pienen huomautuksen kissoista kuiskaten
Sie wollte die Maus nicht noch einmal beleidigen
Hän ei halunnut loukata hiirtä uudelleen
die kleine Maus drehte sich zu Alice um und seufzte
pieni hiiri kääntyi Liisan puoleen ja huokaisi
"Meine Geschichte ist lang und traurig!"
"Minun on pitkä ja surullinen tarina!"
»Es ist gewiß ein langer Schwanz,« sagte Alice
"Se on varmasti pitkä häntä", sanoi Liisa
Und sie blickte verwundert auf den Schwanz der Maus hinunter
ja hän katsoi ihmetellen hiiren häntää
"Aber warum nennst du es einen traurigen Schwanz?"
"Mutta miksi kutsut sitä surulliseksi hännäksi?"
Und sie rätselte unaufhörlich, während die Maus sprach
Ja hän jatkoi hämmentämistä siitä, kun hiiri puhui
so daß ihre Vorstellung von der Geschichte ungefähr so aussah
niin, että hänen ajatuksensa tarinasta oli jotain tällaista

"Fury said to
a mouse, That
he met in the
house, 'Let
us both go
to law: *I*
will prosecute
you.——
Come, I'll
take no denial:
We must have
the trial;
For really
this morning
I've
nothing
to do.'
Said the
mouse to
the cur,
'Such a
trial, dear
sir, With
no jury
or judge,
would
be wasting
our
breath.'
'I'll be
judge,
I'll be
jury,'
said
cunning
old
Fury:
'I'll
try
the
whole
cause,
and
condemn
you to
death.'"

Fury sagte zu einer Maus, die er im Haus getroffen hat."
Fury sanoi hiirelle, että hän tapasi talossa "
Lasst uns beide vor Gericht gehen: Ich werde euch anklagen
Menkäämme molemmat oikeuteen: minä asetan teidät
syytteeseen
**Kommen Sie, ich leugne es nicht: Wir müssen den Prozeß
haben**
Tule, en kiellä: Meidän täytyy saada oikeudenkäynti
Denn heute morgen habe ich wirklich nichts zu tun
Sillä oikeastaan tänä aamuna minulla ei ole mitään tekemistä
Sagte die Maus zum Pfarrer;

Sanoi hiiri curille;
Ein solcher Prozeß, lieber Herr, ohne Geschworene und Richter, würde uns den Atem rauben
Sellainen oikeudenkäynti, rakas herra, Ilman valamiehistöä tai tuomaria tuhlaisi henkeämme
»Ich werde Richter sein, ich werde Geschworener sein«, sagte der schlaue alte Fury
"Minä olen tuomari, minä olen valamiehistö", sanoi ovela vanha Fury
Ich werde die ganze Sache prüfen und dich zum Tode verurteilen
Minä koettelen koko asiaa ja tuomitsen sinut kuolemaan
die Maus sprach streng zu Alice
hiiri puhui ankarasti Liisalle
"Du passt nicht auf!"
"Et kiinnitä huomiota!"
"Woran denkst du?"
"Mitä ajattelet?"
»Ich bitte um Verzeihung,« sagte Alice sehr demütig
"Pyydän anteeksi", Liisa sanoi hyvin nöyrästi
»Sie waren in der fünften Kurve angelangt, glaube ich?«
"Luulisin, että olit päässyt viidenteen mutkaan?"
"Du beleidigst mich, indem du so einen Unsinn redest!"
"Loukkaat minua puhumalla sellaista hölynpölyä!"
Und die Maus stand auf und ging weg
ja hiiri nousi ylös ja käveli pois
Alice rief der kleinen Maus hinterher
Liisa huusi pienen hiiren perään
"Bitte komm zurück und beende deine Geschichte!"
"Tule takaisin ja lopeta tarinasi!"
Und die andern stimmten alle in den Chor ein
Ja kaikki muut liittyivät kuoroon
"Ja, bitte beenden Sie Ihre Geschichte!"
"Kyllä, lopeta tarinasi!"
Aber die Maus schüttelte nur ungeduldig den Kopf
Mutta hiiri vain pudisti päätään kärsimättömästi
Und die kleine Maus ging ein wenig schneller

ja pieni hiiri käveli hieman nopeammin
"Ich wünschte, ich hätte Dinah, unsere Katze, hier!" sagte Alice
"Toivon, että minulla olisi Dinah, kissamme, täällä!" sanoi Liisa
Dies erregte in der Partei ein bemerkenswertes Aufsehen
Tämä aiheutti merkittävän sensaation puolueen keskuudessa
Einige der Vögel eilten sofort davon
Osa linnuista kiiruhti heti pois
und ein Kanarienvogel rief mit zitternder Stimme seinen Kindern zu;
ja kanarialintu huusi vapisevalla äänellä lapsilleen;
»Kommt fort, meine Lieben!«
"Tule pois, rakkaani!"
"Es ist höchste Zeit, dass ihr alle im Bett seid!"
"On korkea aika olla kaikki sängyssä!"
Mit verschiedenen Ausreden gingen sie alle weg
Eri tekosyillä he kaikki menivät pois
und Alice war bald allein
ja Liisa jäi pian yksin
"Ich wünschte, ich hätte Dina nicht erwähnt!"
"Toivon, etten olisi maininnut Dinahia!"
"Niemand scheint sie hier unten zu mögen"
"Kukaan ei näytä pitävän hänestä täällä"
"Aber ich bin mir sicher, dass sie die beste Katze von der Welt ist!"
"mutta olen varma, että hän on maailman paras kissa!"
Die arme Alice fing wieder an zu weinen
Liisa parka alkoi taas itkeä
weil sie sich sehr einsam und niedergeschlagen fühlte
koska hän tunsi itsensä hyvin yksinäiseksi ja alakuloiseksi
Nach einer Weile aber hörte sie wieder etwas
Hetken kuluttua hän kuitenkin kuuli taas jotain
ein leises Getrappel von Schritten in der Ferne
Pieni askelten patteristo kaukaisuudessa
und sie blickte eifrig auf
ja hän katsoi innokkaasti ylös

Der Hase schickt den kleinen Mr. Bill herein
Kani lähettää pienen herra Billin

Es war das weiße Kaninchen, das langsam wieder zurücktrabte
Se oli valkoinen kani, joka ravasi hitaasti takaisin
Er sah sich ängstlich um, während er ging
Hän katseli huolestuneena ympärilleen mennessään
Er sah aus, als hätte er etwas verloren
Hän näytti siltä kuin hän olisi menettänyt jotain
Alice hörte, wie er vor sich hin murmelte
Liisa kuuli hänen mutisevan itsekseen
»Die Herzogin! Die Herzogin! Oh, meine lieben Pfoten!"
"Herttuatar! Herttuatar! Voi, rakkaat tassuni!"
"Oh, mein Fell und meine Schnurrhaare!"
"Voi, turkkini ja viikseni!"
"Sie wird mich hinrichten lassen, da bin ich mir sicher"
"Hän teloittaa minut, olen varma siitä"
"Genauso sicher, wie Frettchen Frettchen sind!"
"Yhtä varmasti kuin fretit ovat frettejä!"
"Wo kann ich meine Sachen abgestellt haben, frage ich mich?"
"Mihin olen voinut pudottaa tavarani, ihmettelen?"

Alice erriet in einem Augenblick, was er suchte
Liisa arvasi hetkessä, mitä etsi
Er war auf der Suche nach dem Federfächer
Hän etsi höyhentuuletinta
Und er suchte nach dem Paar weißer Handschuhe
ja hän etsi valkoisia käsineitä
So machte sie sich sehr gutmütig auf die Suche nach den Handschuhen
Niinpä hän alkoi hyväntahtoisesti etsiä käsineitä
Und sie suchte auch nach dem Federfächer
Ja hän etsi myös höyhenviuhkan
Aber die Handschuhe und der Federfächer waren nirgends zu sehen
Mutta hanskat ja höyhentuuletin eivät näkyneet missään
Alles schien sich verändert zu haben, seit sie im Pool geschwommen war
Kaikki näytti muuttuneen sen jälkeen, kun hän ui uima-altaassa
Nichts war mehr so, wie es war, seit sie in der Großen Halle gewesen war
Mikään ei ollut entisellään sen jälkeen, kun hän oli ollut suuressa salissa
und der Glastisch war verschwunden
ja lasipöytä oli kadonnut
Und die kleine Tür war auch nicht da
Eikä pieni ovikaan ollut siellä
Sehr bald bemerkte das Kaninchen Alice
Hyvin pian kani huomasi Alicen
rief er ihr in zornigem Ton zu
Hän kutsui häntä vihaisella äänellä
"Mary Ann, was machst du hier draußen?"
"Mary Ann, mitä teet täällä?"
"Lauf in diesem Moment nach Hause"
"Juokse kotiin tällä hetkellä"
"Und hol mir ein Paar Handschuhe und einen Federfächer!"
"Ja hae minulle hanskat ja höyhentuuletin!"
"Und beeil dich!"

"Ja ole nopea siinä!"
Alice sprach mit sich selbst, als sie davonrannte
Liisa puhui itsekseen juostessaan karkuun
"Er muss mich für sein Hausmädchen gehalten haben!"
"Hän on varmaan erehtynyt luulemaan minua
palvelijattarekseen!"
**"Wie überrascht wird er sein, wenn er herausfindet, wer ich
bin!"**
"Kuinka yllättynyt hän onkaan, kun hän saa tietää, kuka olen!"
Während sie dies sagte, stieß sie auf ein hübsches Häuschen
Kun hän sanoi tämän, hän tuli siistiin pieneen taloon
An der Tür des Hauses hing eine helle Messingplatte
Talon ovella oli kirkas messinkilevy
"W. HASE"
"W. KANI"
Sie trat ein, ohne an die Tür zu klopfen
Hän meni sisään koputtamatta oveen
und sie eilte geradewegs die Treppe hinauf
ja hän kiiruhti suoraan yläkertaan
**sie machte sich Sorgen, dass sie die echte Mary Ann treffen
könnte**
hän pelkäsi tapaavansa todellisen Mary Annin
denn dann würde sie aus dem Haus gejagt werden
koska silloin hänet käännytettäisiin ulos talosta
**Und sie würde den Federfächer und die Handschuhe nicht
finden können**
Eikä hän löytäisi höyhenviuhkaa ja hanskoja
**Alice hatte den Weg in ein aufgeräumtes Kämmerlein
gefunden**
Liisa oli löytänyt tiensä siistiin pieneen huoneeseen
Im Zimmer stand ein Tisch am Fenster
Huoneessa oli pöytä ikkunan vieressä
und auf dem Tisch stand ein Federfächer
ja pöydällä oli höyhentuuletin
**Und da waren zwei oder drei Paar winzige weiße
Handschuhe**
ja siellä oli kaksi tai kolme paria pieniä valkoisia käsineitä

Sie hob den Federfächer und ein Paar Handschuhe auf
Hän otti höyhentuulettimen ja hanskat
und sie war eben im Begriff, das Zimmer zu verlassen
ja hän oli juuri lähdössä huoneesta
Aber dann fiel ihr Blick auf ein Fläschchen
mutta sitten hänen silmänsä osuivat pieneen pulloon
Sie entkorkte die Flasche und führte sie an ihre Lippen
Hän avasi pullon korkin ja laittoi sen huulilleen
"Ich hoffe, dass ich dadurch wieder groß werde"
"Toivon, että se saa minut kasvamaan jälleen suureksi"
"Ich bin es leid, so ein winziges Ding zu sein!"
"Olen kyllästynyt olemaan niin pieni pieni asia!"
Alice hatte kaum die halbe Flasche getrunken
Liisa oli tuskin juonut puolta pulloa
Ihr Kopf drückte bereits gegen die Decke
Hänen päänsä painui jo kattoa vasten
und sie musste sich bücken
ja hänen täytyi kumartua
um ihr das Genick vor dem Genickbruch zu bewahren
pelastaakseen niskansa murtumasta
Hastig stellte sie die Flasche ab
Hän laski pullon kiireesti
"Das reicht"
"Se riittää"
"Ich hoffe, ich wachse nicht mehr"
"Toivottavasti en kasva enää"
Leider! Es war zu spät, das zu wünschen!
Valitettavasti! Oli liian myöhäistä toivoa sitä!
Sie wuchs und wuchs weiter
Hän jatkoi kasvamistaan ja kasvamistaan
und sehr bald musste sie sich auf den Boden knien
ja pian hänen täytyi polvistua lattialle
und selbst dann wuchs sie weiter
ja silloinkin hän jatkoi kasvuaan
Als letztes Mittel streckte sie einen Arm aus dem Fenster
Viimeisenä resurssina hän laittoi toisen kätensä ulos ikkunasta
und sie setzte einen Fuß auf den Schornstein

ja hän nosti toisen jalkansa savupiippuun
"Jetzt kann ich nicht mehr, was auch immer passiert"
"Nyt en voi tehdä enempää, tapahtuipa mitä tahansa"
»Was wird aus mir?«
"Mitä minusta tulee?"

Alice hatte Glück
Liisalla oli onnea
**Das kleine Zauberfläschchen hatte seine volle Wirkung
entfaltet**
Pieni taikapullo oli saanut täyden tehonsa
und Alice wurde nicht größer, als sie war
eikä Liisa kasvanut suuremmaksi kuin hän oli
Nach ein paar Minuten hörte sie draußen eine Stimme
Muutaman minuutin kuluttua hän kuuli äänen ulkona
Und sie blieb stehen, um der Stimme zu lauschen
ja hän pysähtyi kuuntelemaan ääntä
»Mary Ann! Mary Ann!« sagte die Stimme
"Mary Ann! Mary Ann!" sanoi ääni
"Hol mir gleich meine Handschuhe!"
"Hae minulle hanskat tällä hetkellä!"
Dann ertönte ein leises Getrappel von Füßen auf der Treppe
Sitten tuli pieni jalat portaissa

Alice wusste, dass es das Kaninchen war, das kam, um sie zu suchen
Liisa tiesi, että kani oli tulossa etsimään häntä
und sie zitterte, bis sie das Haus erschütterte
ja hän vapisi, kunnes ravisteli taloa
Sie vergaß ganz, welche Proportionen sie hatte
Hän unohti täysin, mitkä hänen mittasuhteensa olivat
Sie war tausendmal so groß wie das Kaninchen
Hän oli tuhat kertaa suurempi kuin kani
und sie hatte keinen Grund, sich vor einem Kaninchen zu fürchten
ja hänellä ei ollut mitään syytä pelätä kania
Bald kam das Kaninchen an die Tür heran
Eikä aikaakaan, kun kani tuli ovelle
Und das kleine Kaninchen versuchte, die Tür zu öffnen
ja pieni kani yritti avata oven
Die Tür begann sich nach innen zu öffnen
ovi alkoi avautua sisäänpäin
aber Alices Ellbogen wurde hart gegen die Tür gedrückt
mutta Liisan kyynärpää painettiin lujasti ovea vasten
Dieser Versuch erwies sich als Fehlschlag
Tämä yritys osoittautui epäonnistuneeksi
Alice hörte, wie das Kaninchen mit sich selbst sprach
Liisa kuuli jäniksen puhuvan itsekseen
"Dann gehe ich herum und steige durch das Fenster ein"
"Sitten menen ympäri ja pääsen sisään ikkunasta"
"Das wirst du nicht!" dachte Alice
"Että sinä et!" ajatteli Liisa
und sie wartete wieder ein wenig
ja hän odotti taas vähän
Bald hörte sie das Kaninchen gerade unter dem Fenster
Pian hän kuuli jäniksen aivan ikkunan alla
Plötzlich streckte sie ihre Hand aus
Hän levitti yhtäkkiä kätensä
Und sie machte einen Sprung in die Luft
ja hän sieppasi ilmassa
Sie bekam nichts in die Finger

Hän ei saanut käsiinsä mitään
aber sie hörte einen kleinen Schrei und einen Sturz
Mutta hän kuuli pienen huudon ja kaatumisen
und sie hörte ein Krachen von zerbrochenem Glas
ja hän kuuli rikkoutuneen lasin törmäyksen
Vielleicht war das Kaninchen gefallen
Ehkä kani oli pudonnut
Vielleicht war er in einem Gewächshaus
Ehkä hän oli vihreässä talossa
**Dann ertönte eine zornige Stimme; Die Stimme des
Kaninchens**
Seuraavaksi kuului vihainen ääni; Kanin ääni
"Pat, wo bist du?"
"Pat, missä olet?"
**Und dann ertönte eine Stimme, die sie noch nie zuvor gehört
hatte**
Ja sitten tuli ääni, jota hän ei ollut koskaan ennen kuullut
"Euer Ehren, ich bin hier!"
"Teidän kunnianne, olen täällä!"
"Ich grabe nach Äpfeln"
"Kaivan omenoita"
»Hier! Komm und hilf mir da raus!"
"Täällä! Tule auttamaan minua pois tästä!"
»Nun sag mir, Pat, was ist das da im Fenster?«
"Kerro nyt, Pat, mitä ikkunassa on?"
"Sicher, Euer Ehren, ich werde es Ihnen sagen"
"Toki, teidän kunnianne, minä sanon teille"
"Das ist ein Arm, der im Fenster steckt!"
"Se on käsivarsi, joka on ikkunassa!"
"Na ja, da hat ein Arm nichts zu suchen"
"No, kädellä ei ole mitään asiaa sinne"
"Geh und nimm den Arm weg!"
"Mene ja ota käsi pois!"
Hierauf trat ein langes Schweigen ein
Tämän jälkeen vallitsi pitkä hiljaisuus
und Alice konnte nur ab und zu ein Flüstern hören
ja Liisa kuuli vain kuiskauksia silloin tällöin

und endlich streckte sie die Hand wieder aus
ja viimein hän taas ojensi kätensä
Und sie machte einen weiteren Sprung in die Luft
ja hän teki toisen sieppauksen ilmassa
Diesmal gab es zwei kleine Schreie
Tällä kertaa kuului kaksi pientä huutoa
und es gab noch mehr Geräusche von zerbrochenem Glas
ja lasinsirujen ääniä kuului enemmän
**"Ich möchte wohl wissen, was sie nun tun werden!" dachte
Alice**
"Mietin, mitä he tekevät seuraavaksi!" ajatteli Liisa
"Ich wünschte, sie würden mich aus dem Fenster ziehen"
"Toivon, että he vetäisivät minut ulos ikkunasta"
Sie wartete eine Weile
Hän odotti jonkin aikaa
aber eine Weile hörte sie nichts mehr
Mutta jonkin aikaa hän ei kuullut mitään muuta
Endlich ertönte das Rumpeln kleiner Rädchen
Vihdoinkin kuului pienten pyörien jyrinä
Und da ertönten viele Stimmen
ja sieltä kuului monien äänien ääni
Alle Stimmen sprachen miteinander
Kaikki äänet puhuivat yhdessä
Sie konnte einige der Worte verstehen
Hän pystyi erottamaan joitakin sanoja
"Wo ist die andere Leiter?"
"Missä ovat toiset tikkaat?"
"Bill hat die andere Leiter"
"Billillä on toiset tikkaat"
"Bill, komm her!"
"Bill, tule tänne!"
"Wird das Dach die Last tragen?"
"Kestääkö katto kuorman?"
"Wer will schon den Schornstein hinuntergehen?"
"Kuka haluaa mennä alas savupiipusta?"
»Nein, das werde ich nicht! Du machst es!"
"Ei, en aio! Sinä teet sen!"

»Hier, Bill!«
"Tässä, Bill!"
"Der Meister sagt, du musst in den Schornstein hinunter!"
"Mestari sanoo, että sinun täytyy mennä alas savupiipusta!"
Alice zog ihren Fuß so weit den Schornstein hinab, wie sie konnte
Liisa veti jalkansa niin alas savupiipusta kuin pystyi
Und dann wartete sie, was kommen würde
Ja sitten hän odotti nähdäkseen, mitä oli tulossa
Sie hörte ein kleines Tier kratzen und krabbeln
Hän kuuli pienen eläimen raapimisen ja rypistymisen
Das Tierchen muss sich im Schornstein befinden
pienen eläimen on oltava savupiipussa
dann gab sie einen scharfen Tritt
Sitten hän antoi yhden terävän potkun
Und sie wartete ab, was als nächstes geschehen würde
Ja hän odotti, mitä seuraavaksi tapahtuisi
Sie hörte einen allgemeinen Chor von Stimmen
Hän kuuli yleisen äänikuoron
"Da geht Bill!", sagten alle
"Tuossa menee Bill!" he kaikki sanoivat
Dann hörte sie allein die Stimme des Kaninchens
Sitten hän kuuli kanin äänen yksin
"Du an der Hecke, fang ihn!"
"Sinä pensasaidan vieressä, ota hänet kiinni!"
Es trat wieder ein Augenblick des Schweigens ein
Oli toinen hiljainen hetki
Und dann gab es wieder ein Stimmengewirr
Ja sitten oli toinen äänien sekaannus
"Halt seinen Kopf hoch, Brandy"
"Pidä päänsä ylhäällä, Brandy"
"Pass auf, dass du ihn nicht würgst"
"Varo tukehduttamasta häntä"
"Was ist mit dir passiert?"
"Mitä sinulle tapahtui?"
Zuletzt kam eine kleine, schwache, quietschende Stimme
Viimeisenä tuli hieman heikko, vinkuva ääni

"Nun, ich weiß es kaum mehr"
"No, tuskin tiedän enempää"
"Danke euch allen, mir geht es jetzt besser"
"Kiitos kaikille, olen nyt parempi"
"Es gibt eine Sache, an die ich mich erinnern kann"
"On yksi asia, jonka muistan"
"Irgendetwas kommt auf mich zu wie ein Zug im Tunnel"
"Jokin tulee minua kohti kuin juna tunnelissa"
"Und ich fliege hoch wie eine Rakete!"
"ja ylös lennän kuin taivasraketti!"
Es gab ein oder zwei Minuten des Schweigens
Oli minuutin tai kahden hiljaisuus
Und dann fingen sie wieder an, sich zu bewegen
ja sitten he alkoivat taas liikkua
und Alice hörte das Kaninchen wieder sprechen
ja Liisa kuuli jäniksen puhuvan taas
"Ein Karren voll reicht für den Anfang"
"Aluksi käy kärryllinen"
"Einen Karren voll wovon?" dachte Alice
"Mitä?" ajatteli Liisa
Aber sie wurde nicht lange in Atem gehalten
Mutta häntä ei pidetty jännityksessä pitkään
Ein Regen von kleinen Kieselsteinen drang durch das
Fenster
Ikkunasta tuli pienten kivien suihku
und einige der kleinen Kieselsteine trafen sie im Gesicht
ja jotkut pienistä kivistä löivät häntä kasvoihin
Alice wunderte sich über die kleinen Kieselsteine
Liisa yllättyi pienistä kivistä
all die kleinen Kieselsteine verwandelten sich in Kuchen
Kaikki pienet kivet muuttuivat kakkuiksi
und eine glänzende Idee kam ihr in den Kopf
Ja kirkas idea tuli hänen päähänsä
"Einen von diesen Kuchen sollte ich essen"
"Minun pitäisi syödä yksi näistä kakuista"
"Der Kuchen wird sicher etwas an meiner Größe ändern"
"Kakku muuttaa varmasti kokoani"

Also schluckte sie einen der Kuchen
Niinpä hän nielaisi yhden kakuista
und sie freute sich, als sie feststellte, dass sie anfing zu schrumpfen
ja hän oli iloinen huomatessaan, että hän alkoi kutistua
Bald war sie klein genug, um durch die Tür zu kommen
Pian hän oli tarpeeksi pieni päästäkseen ovesta sisään
Sie rannte aus dem Haus
Hän juoksi ulos talosta
Draußen wartete eine Menge kleiner Tiere und Vögel
Joukko pieniä eläimiä ja lintuja odotti ulkona
alle kleinen Vögel und Tiere stürzten sich auf Alice
kaikki pienet linnut ja eläimet ryntäsivät Liisan kimppuun
aber sie rannte davon, so schnell sie konnte
Mutta hän juoksi pois niin nopeasti kuin pystyi
und bald fand sie sich sicher in einem dichten Walde
ja pian hän huomasi olevansa turvassa paksussa metsässä
Alice irrte im Walde umher
Liisa vaelteli metsässä
Und sie dachte bei sich:
ja hän ajatteli itsekseen:
"Ich weiß, was ich zuerst zu tun habe"
"Tiedän, mitä minun on tehtävä ensin"
"erst muss ich wieder auf meine richtige Größe wachsen"
"ensin minun täytyy kasvaa taas oikeaan kokooni"
"Und dann muss ich den Weg in diesen schönen Garten finden"
"ja sitten minun täytyy löytää tieni tuohon ihanaan puutarhaan"
"Ich glaube, ich sollte irgendetwas essen oder trinken"
"Minun pitäisi kai syödä tai juoda jotain tai muuta"
"Aber die Frage ist, was soll ich essen oder trinken?"
"Mutta kysymys kuuluu, mitä minun pitäisi syödä tai juoda?"
Alice blickte sich um und betrachtete die Blumen
Liisa katseli ympärillään kukkia
Und sie schaute durch die Grashalme hindurch
ja hän katsoi ruohonkorsien läpi

aber sie konnte nichts zu essen und zu trinken sehen
Mutta hän ei nähnyt mitään syötävää tai juotavaa
Nichts sah nach dem Richtigen zum Essen oder Trinken aus
Mikään ei näyttänyt oikealta syötävältä tai juotavalta
In ihrer Nähe wuchs ein großer Pilz
Hänen lähellään kasvoi suuri sieni
der Pilz war ungefähr so groß wie Alice
sieni oli suunnilleen yhtä korkea kuin Alice
Sie streckte sich auf den Zehenspitzen auf
Hän venytti itsensä varpaille
Und sie guckte über den Rand des Pilzes
ja hän kurkisti sienen reunan yli
Ihre Augen trafen sofort die Augen einer großen blauen Raupe
Hänen silmänsä kohtasivat heti suuren sinisen toukan silmät
Die Raupe saß auf der Spitze des Pilzes
Toukka istui sienen päällä
und die Raupe hatte alle Arme gekreuzt
ja toukka oli ristinyt kaikki kätensä
Und er rauchte leise eine lange Wasserpfeife
ja hän poltti hiljaa pitkää vesipiippua
und er nahm nicht die geringste Notiz von irgendetwas
eikä hän kiinnittänyt pienintäkään huomiota mihinkään
und er achtete gewiß nicht auf Alice
eikä hän todellakaan kiinnittänyt huomiota Aliceen

Ratschläge von einer Raupe
Neuvoja toukkalta

Endlich nahm die Raupe die Shisha aus dem Maul
Viimein toukka otti vesipiipun suustaan
und er redete Alice mit einer trägen, schläfrigen Stimme an
ja hän puhutteli Liisa veltolla, uneliaalla äänellä
"Wer bist du?" fragte die Raupe
"Kuka sinä olet?" kysyi toukka

Alice antwortete etwas schüchtern: "Ich weiß es kaum, Sir."
Liisa vastasi melko ujosti: "Tuskin tiedän, herra."
"Gerade im Moment ist alles ein bisschen..."
"Juuri tällä hetkellä kaikki on vähän..."
**"Ich weiß, wer ich war, als ich heute Morgen aufgestanden
bin."**
"Tiedän, kuka olin, kun nousin tänä aamuna""
**"aber ich glaube, ich muss mich seitdem mehrmals verändert
haben"**
"mutta luulen, että minun on täytynyt muuttua useita kertoja
sen jälkeen"
"Was meinst du damit?" sagte die Raupe

"Mitä tarkoitat sillä?" kysyi toukka
Streng forderte die Raupe sie auf, sich zu erklären
Toukka pyysi häntä ankarasti selittämään itsensä
»Ich kann mich nicht erklären, fürchte ich, Sir«, sagte Alice
"En voi selittää itseäni, pelkäänpä, herra", sanoi Liisa
"weil ich nicht ich selbst bin"
"koska en ole oma itseni"
"Du siehst, es ist sehr verwirrend, so viele verschiedene Größen an einem Tag zu haben"
"Katsos, niin monta eri kokoa päivässä on hyvin hämmentävää"
Sie raffte sich auf und sagte sehr ernst:
Hän veti itsensä ylös ja sanoi hyvin vakavasti:
"Ich denke, du solltest mir zuerst sagen, wer du bist"
"Mielestäni sinun pitäisi ensin kertoa minulle, kuka olet"
"Warum?" fragte die Raupe
"Miksi?" kysyi toukka
Alice fiel kein guter Grund ein
Liisa ei keksinyt mitään hyvää syytä
und die Raupe schien sich in einem sehr unangenehmen Gemütszustand zu befinden
ja toukka näytti olevan hyvin epämiellyttävässä mielentilassa
also wandte sie sich ab
Niinpä hän kääntyi pois
"Komm zurück!" rief ihr die Raupe nach
"Tule takaisin!" toukka huusi hänen peräänsä
"Ich habe etwas Wichtiges zu sagen!"
"Minulla on jotain tärkeää sanottavaa!"
Alice drehte sich um und kam wieder zurück
Liisa kääntyi ja tuli takaisin
"Behalte die Fassung!" sagte die Raupe
"Pidä malttisi", sanoi toukka
»Ist das alles?« fragte Alice
"Onko siinä kaikki?" kysyi Liisa
und sie schluckte ihren Zorn hinunter, so gut sie konnte
ja hän nieli vihansa niin hyvin kuin pystyi
"Nein!" sagte die Raupe

"Ei", sanoi toukka
Die Raupe breitete ihre Arme aus
Toukka avasi kätensä
Und er nahm die Shisha wieder aus dem Mund
ja hän otti vesipiipun taas suustaan
Und er sagte: "Du glaubst also, du bist verändert, oder?"
ja hän sanoi: "Joten luulet muuttuneesi, vai mitä?"
»Ich fürchte, ich bin verändert, Sir,« sagte Alice
»Minä pelkään, minä olen muuttunut, herra», sanoi Liisa
"Ich kann mich nicht mehr so an Dinge erinnern, wie ich sie früher in Erinnerung hatte"
"En muista asioita samalla tavalla kuin ennen"
"Und ich bleibe nicht länger als zehn Minuten gleich groß!"
"enkä pysy samankokoisena yli kymmentä minuuttia!"
"Wie groß willst du sein?" fragte die Raupe
"Minkä kokoinen haluat olla?" kysyi toukka
»Oh, es ist mir nicht besonders wichtig, wie groß ich bin«, erwiderte Alice hastig
"Voi, minua ei erityisesti haittaa se, minkä kokoinen olen", Liisa vastasi kiireesti
"Ich mag es einfach nicht, so oft die Größe zu wechseln, weißt du"
"En vain pidä koon vaihtamisesta niin usein, tiedäthän"
"Ich würde gerne etwas größer sein, Sir"
"Haluaisin olla hieman suurempi, sir"
»wenn es dir nichts ausmacht,« fügte Alice hinzu
"jos et pahastu", lisäsi Liisa
"Zehn Zentimeter sind so eine erbärmliche Größe"
"Kymmenen senttiä on niin surkea korkeus"
"Das ist wirklich eine sehr gute Höhe!" sagte die Raupe ärgerlich
"Se on todella hyvä korkeus!" sanoi toukka vihaisesti
und er richtete sich auf, während er sprach
ja puhuessaan hän kohotti itsensä pystyyn
Er war genau zehn Zentimeter groß
Hän oli tasan kymmenen senttiä korkea
In ein oder zwei Minuten war die Raupe vom Pilz

her
untergekommen
Minuutissa tai kahdessa toukka pääsi alas sienestä
und er kroch ins Gras
ja hän ryömi pois ruohikolle
Als er sich entfernte, machte er einige kleine Bemerkungen
Kun hän meni pois, hän teki muutamia pieniä huomautuksia
"Eine Seite lässt dich größer werden"
"Toinen puoli saa sinut kasvamaan pidemmäksi"
"Und die andere Seite wird dich kleiner werden lassen"
"Ja toinen puoli saa sinut lyhenemään"
"Eine Seite wovon?" dachte Alice bei sich
"Minkä toinen puoli?" ajatteli Liisa itsekseen
"Die andere Seite von was?"
"Minkä toinen puoli?"
"Die Seite des Pilzes!" sagte die Raupe
"Sienen kyljessä", sanoi toukka
Es war, als hätte sie ihre Frage laut gestellt
Oli kuin hän olisi esittänyt kysymyksensä ääneen
und im nächsten Augenblick war er außer Sichtweite
ja toisessa hetkessä hän oli poissa näkyvistä
Alice blieb stehen und betrachtete den Pilz nachdenklich
Liisa jäi katsomaan mietteliäänä sientä
Sie versuchte herauszufinden, welche die beiden Seiten des Pilzes waren
Hän yritti selvittää, mitkä olivat sienen kaksi puolta
Endlich streckte sie ihre Arme um den Pilz
Viimein hän ojensi kätensä sienen ympärille
und sie brach ein Stück der Ränder ab
ja hän katkaisi hieman reunoja
»Und nun, welche Seite ist welche?« fragte sie sich
"Ja nyt, kumpi puoli on kumpi?" hän sanoi itsekseen
und sie knabberte ein wenig von dem Stück der rechten Hand
ja hän nauroi vähän oikeaa kättä
Im nächsten Augenblick spürte sie einen heftigen Schlag unter ihrem Kinn
Seuraavassa hetkessä hän tunsi rajun iskun leukansa alla

Ihr Kinn hatte ihren Fuß getroffen!
Hänen leukansa oli osunut hänen jalkaansa!
**Sie war sehr erschrocken über diese sehr plötzliche
Veränderung**
Hän pelästyi melkoisesti tätä hyvin äkillistä muutosta
Sie schrumpfte sehr schnell
Hän kutistui hyvin nopeasti
Also aß sie schnell etwas von dem anderen Stück Pilz
Joten hän söi nopeasti vähän muuta sieniä
Ihr Kinn war sehr eng gegen ihren Fuß gepresst
Hänen leukansa painettiin hyvin tiukasti jalkaansa vasten
Es war kaum Platz, um den Mund aufzumachen
Tuskin oli tilaa avata suutaan
aber schließlich gelang es ihr, den Mund aufzumachen
Mutta viimein hän onnistui avaamaan suunsa
und sie schluckte einen Bissen von dem linken Stück
ja hän nielaisi palan vasemmanpuoleisesta palasta
»mein Kopf ist endlich frei!« sagte Alice
"Pääni on vihdoin vapautettu!" sanoi Liisa
Sie blickte an sich herunter
Hän katsoi alas itseensä
aber alles, was sie sehen konnte, war ein ungeheurer Hals
mutta hän näki vain suunnattoman pitkän kaulan
Ihr Hals schien sich wie ein Stiel zu erheben
Hänen kaulansa näytti nousevan kuin varsi
Und sie blickte auf ein Meer von grünen Blättern hinab
ja hän katsoi alas vihreiden lehtien merelle
"Wo sind meine Schultern geblieben?"
"Mihin olkapääni ovat joutuneet?"
**»Und ach, meine armen Hände, wie kommt es, daß ich euch
nicht sehen kann?«**
"Ja voi köyhät käteni, kuinka voin nähdä sinua?"
Aber ihr Hals hatte einen Vorteil
Mutta hänen kaulallaan oli yksi etu
Sie konnte ihren Kopf in jede Richtung bewegen
Hän pystyi liikuttamaan päätään mihin tahansa suuntaan
Tatsächlich war sie wie eine Schlange

Itse asiassa hän oli aivan kuin käärme
Sie senkte anmutig ihren Kopf im Zickzack
Hän siksakki sulavasti päänsä alas
Und sie bewegte ihren Kopf durch die Bäume
ja hän liikutti päätään puiden läpi
Aber dann hörte sie ein scharfes Zischen
Mutta sitten hän kuuli terävän suhinan
Und sie zog schnell den Kopf zurück
ja hän veti nopeasti päänsä taaksepäin
Eine große Taube war ihr ins Gesicht geflogen
Suuri kyyhkynen oli lentänyt hänen kasvoihinsa
und die Taube fuhr mit den Flügeln heftig zusammen
ja kyyhkynen oli väkivaltaisesti siipiensä kanssa

»Schlange!« rief die Taube
"Käärme!" huusi kyyhkynen
"Ich bin keine Schlange!" sagte Alice entrüstet
"Minä en ole käärme!" sanoi Liisa närkästyneenä
"Laß mich in Ruhe!"

"Jätä minut rauhaan!"
"Ich habe die Wurzeln von Bäumen ausprobiert"
"Olen kokeillut puiden juuria"
"Und ich habe es mit Hecken versucht", fuhr die Taube fort
"ja olen kokeillut pensasaitoja", kyyhkynen jatkoi
»Aber diese Schlangen! Man kann es ihnen nicht recht machen!"
"Mutta ne käärmeet! Heitä ei voi miellyttää!"
Alice war immer verwirrter
Liisa oli yhä ymmällään
"Als ob es nicht schon Mühe genug wäre, die Eier auszubrüten!" sagte die Taube
"Ikään kuin munien kuoriutuminen ei olisi ollut tarpeeksi vaivalloista", kyyhkynen sanoi
"Tag und Nacht muss ich mich auch vor Schlangen in Acht nehmen!"
"Yöllä ja päivällä minun täytyy varoa myös käärmeitä!"
"Ich hatte gerade den höchsten Baum im Wald gefunden"
"Olin juuri löytänyt metsän korkeimman puun"
"Wäre ich hier sicher frei von Schlangen?"
"Varmasti olisin vapaa käärmeistä täällä?"
"Und heraus kommt eine Schlange vom Himmel!"
"Ja ulos tulee käärme taivaalta!"
"Aber ich bin keine Schlange, sage ich dir!" sagte Alice
"Mutta minä en ole käärme, sanon minä!" sanoi Liisa
"Ich bin ein... Ich bin ein... Ich bin ein kleines Mädchen«, fügte sie etwas zweifelnd hinzu
"Minä olen... Minä olen... Olen pieni tyttö", hän lisäsi hieman epäilevästi
Schließlich hatte sie viele Veränderungen durchgemacht
Olihan hän käynyt läpi paljon muutoksia
"Du suchst Eier!" sagte die Taube
"Sinä etsit munia", kyyhkynen sanoi
"Das weiß ich mit Sicherheit"
"Tiedän sen varmasti"
"Und was macht es aus, ob du ein kleines Mädchen oder eine Schlange bist?"

"Ja mitä väliä sillä on, oletko pieni tyttö vai käärme?"
»Es liegt mir sehr viel daran,« sagte Alice hastig
"Sillä on minulle suuri merkitys", sanoi Liisa kiireesti
"Aber ich bin nicht auf der Suche nach Eiern, wie es der Zufall will"
"mutta en etsi munia, kuten tapahtuu"
"Und ich würde deine Eier sowieso nicht wollen"
"enkä haluaisi muniasi muutenkaan"
"Ich mag meine Eier nicht roh"
"En pidä munistani raakana"
»Nun, dann fort!« sagte die Taube in mürrischem Tone
"No, mene sitten pois!" kyyhkynen sanoi murheellisella äänellä
und die Taube ließ sich wieder in ihrem Nest nieder
ja kyyhkynen asettui jälleen pesäänsä
Alice kauerte sich zwischen die Bäume, so gut sie konnte
Liisa kyyristyi puiden keskelle niin hyvin kuin pystyi
Ihr Hals verfing sich immer wieder zwischen den Ästen
Hänen kaulansa sotkeutui jatkuvasti oksien väliin
Hin und wieder musste sie anhalten und ihren Hals aufdrehen
Aina silloin tällöin hänen täytyi pysähtyä ja vääntää niskaansa
Nach einer Weile erinnerte sie sich an den Pilz
Hetken kuluttua hän muisti sienen
Sie hielt die Pilzstücke noch immer in ihren Händen
Hän piti edelleen sienenpaloja käsissään
Und sie machte sich sehr vorsichtig an die Arbeit
ja hän ryhtyi työskentelemään hyvin huolellisesti
Zuerst knabberte sie an einem Stück
Ensin hän nauroi yhtä kappaletta
Und dann knabberte sie an dem anderen Stück
ja sitten hän nauroi toista kappaletta
Manchmal wurde sie größer
Joskus hän kasvoi pidemmäksi
und manchmal wurde sie kleiner
ja joskus hän lyheni
Aber schließlich erreichte sie ihre übliche Größe

Mutta lopulta hän saavutti tavanomaisen pituutensa
Sie war schon seit einiger Zeit nicht mehr so groß wie sie selbst
Hän ei ollut ollut oma pituutensa vähään aikaan
So fühlte sich alles eine Zeit lang seltsam an
Joten kaikki tuntui oudolta jonkin aikaa
"Das nächste, was zu tun ist, ist, in diesen schönen Garten zu gehen"
"Seuraava asia on päästä tuohon kauniiseen puutarhaan"
»wie soll man das machen?«
"Miten se voidaan tehdä, ihmettelen?"
Während sie dies sagte, stieß sie auf einen offenen Platz
Kun hän sanoi tämän, hän tuli avoimelle paikalle
Da war ein kleines Haus, etwas höher als einen Meter
Siellä oli pieni talo, hieman yli metrin korkuinen
"Ich frage mich, wer in diesem kleinen Haus wohnt"
"Ihmettelen, kuka asuu tässä pienessä talossa"
"So groß wie ich bin, kann ich sicher nicht reingehen"
"En todellakaan voi mennä sisään niin isona kuin olen"
"Ich würde sie fürchterlich erschrecken!"
"Pelästyisin heitä kauheasti!"
Also knabberte sie wieder an dem kleinen Pilz
Niinpä hän naposteli taas pientä sieniä
Und bald brachte sie sich dreißig Zentimeter tief
ja pian hän laski itsensä alas kolmekymmentä senttimetriä

Ein Schwein und etwas Pfeffer
Sika ja pippuria

Ein oder zwei Minuten lang stand sie da und betrachtete das Haus

Minuutin tai kaksi hän seisoi katsellen taloa

Plötzlich kam ein Lakai aus dem Walde gerannt

Yhtäkkiä jalkamies juoksi ulos metsästä

Er trug eine spezielle Livree-Uniform

Hänellä oli yllään erityinen väritysunivormu

Seinem Gesicht nach zu urteilen, hätte sie ihn einen Fisch genannt

Pelkästään hänen kasvoistaan päätellen hän olisi kutsunut häntä kalaksi

und er klopfte laut mit den Fingerknöcheln an die Tür

ja hän räpytti äänekkäästi ovea rystysillään

Die Tür wurde von einem anderen Lakaien geöffnet

Oven avasi toinen jalkamies

Auch dieser Lakai trug eine besondere Livree

Myös tällä jalkamiehellä oli yllään erityinen väritys

Dieser Lakai hatte ein rundes Gesicht und große Augen wie ein Frosch

Tällä jalkamiehellä oli pyöreät kasvot ja suuret silmät kuin sammakolla

**Der Lakai, der wie ein Fisch aussah, leitete die Zeremonie
ein**
Jalkamies, joka näytti kalalta, aloitti seremonian
Er zog etwas unter seinem Arm hervor
Hän veti jotain kainalostaan
Und er zog unter seinem Arm einen Umschlag hervor
ja hän veti kainalostaan kirjekuoren
und diesen Umschlag übergab er dem andern Lakaien
ja tämän kirjekuoren hän ojensi toiselle jalkamiehelle
In zeremoniellem Tone teilte er ihm die Befehle mit
Seremoniallisella äänellä hän kertoi hänelle käskyt
"Diese Botschaft ist für die Herzogin"
"Tämä viesti on herttuattarelle"
"Eine Einladung der Königin zum Krocketspielen"
"Kuningattaren kutsu pelata krokettia"
**Der Lakai, der wie ein Frosch aussah, wiederholte den
Befehl**
Sammakon näköinen jalkamies toisti käskyn
"Von der Königin"
"kuningattarelta"
"Eine Einladung"
"kutsu"
"für die Herzogin"
"Herttuattarelle"
"Krocket spielen"
"Pelaa krokettia"
Dann verbeugten sie sich beide tief
Sitten he molemmat kumartuivat matalaksi
**und die Locken in ihren Perücken verwickelten sich
ineinander**
ja peruukkien kiharat sotkeutuivat yhteen
Bald war der Lakai, der wie ein Fisch aussah, verschwunden
Pian jalkamies, joka näytti kalalta, oli poissa
**Aber der Lakai, der wie ein Frosch aussah, war immer noch
da**
Mutta jalkamies, joka näytti sammakolta, oli edelleen siellä
Er saß auf dem Boden in der Nähe der Tür

Hän istui maassa oven lähellä
Er starrte dumm in den Himmel
Hän tuijotti typerästi taivaalle
Alice ging schüchtern zur Tür und klopfte
Liisa meni arasti ovelle ja koputti
»Es hat keinen Zweck, anzuklopfen,« sagte der Lakai
"Ei ole mitään hyötyä koputtaa", sanoi jalkamies
"Und das aus zwei Gründen"
"Ja siihen on kaksi syytä"
**"Erstens, weil ich auf der gleichen Seite der Tür stehe wie
du"**
"Ensinnäkin siksi, että olen samalla puolella ovea kuin sinä"
"Zweitens, weil sie drinnen so viel Lärm machen"
"Toiseksi, koska he pitävät niin paljon melua sisällä"
"Niemand könnte dich hören"
"Kukaan ei mitenkään kuullut sinua"
Und es war gewiß ein höchst merkwürdiger Lärm im Innern
Ja sisällä oli varmasti mitä erikoisin melu
ein ständiges Heulen und Niesen
jatkuva ulvonta ja aivastelu
und ab und zu ein Geräusch von großem Krachen
ja aina silloin tällöin suuren kaatumisen ääni
**als ob eine Schüssel oder ein Wasserkocher in Stücke
zerbrochen wäre**
ikään kuin astia tai vedenkeitin olisi hajonnut palasiksi
"Wie soll ich da reinkommen?" fragte Alice
"Miten pääsen sisään?" kysyi Liisa
»Wollen Sie überhaupt hineinkommen?« fragte der Lakai
"Pitäisikö sinun ylipäätään mennä sisään?" kysyi jalkamies
"Das ist die erste Frage, weißt du"
"Se on ensimmäinen kysymys, tiedäthän"
Alice öffnete die Tür und trat ein
Liisa avasi oven ja meni sisään
Die Tür führte direkt in eine große Küche
Ovi johti suoraan suureen keittiöön
**Die Küche war von einem Ende bis zum anderen voller
Rauch**

Keittiö oli täynnä savua päästä päähän
in der Mitte der Küche saß die Herzogin
keskellä keittiötä oli herttuatar
Sie saß auf einem dreibeinigen Hocker
Hän istui kolmijalkaisella jakkaralla
und sie stillte ein Baby
ja hän imetti vauvaa
Die Köchin beugte sich über das Feuer
kokki kumartui tulen yli
Er rührte einen großen Kessel
Hän sekoitti suurta kaldronia
und der Kessel schien mit Suppe gefüllt zu sein
ja kaldron näytti olevan täynnä keittoa
"Da ist sicher zu viel Pfeffer drin!" sagte Alice zu sich selbst
"Siinä keitossa on varmasti liikaa pippuria!" Liisa sanoi
itsekseen
Sie sagte es, so gut sie konnte, ohne zu niesen
Hän sanoi sen parhaansa mukaan aivastamatta
Sogar die Herzogin nieste gelegentlich
Jopa herttuatar aivasteli silloin tällöin
**Aber die Handlungen des Babys waren am
bemerkenswertesten**
Mutta vauvan toimet olivat merkittävimpiä
Das Baby nieste und heulte abwechselnd
vauva aivasteli ja ulvoi vuorotellen
**Es gab keinen Augenblick Pause zwischen Heulen und
Niesen**
ulvonnan ja aivastelun välillä ei ollut hetkeäkään taukoa
Es gab zwei Kreaturen in der Küche, die nicht niesten
Keittiössä oli kaksi olentoa, jotka eivät aivastaneet
Die Köchin war zu beschäftigt, um zu niesen
kokki oli liian kiireinen aivastamaan
**Und die große Katze schien sich nicht an dem Pfeffer zu
stören**
ja suuri kissa ei näyttänyt välittävän pippurista
**Stattdessen grinste die große Katze von einem Ohr zum
anderen**

Sen sijaan iso kissa virnisti korvasta korvaan
**»Bitte, würdest du es mir sagen,« sagte Alice ein wenig
schüchtern**
"Voisitko kertoa minulle", sanoi Liisa hieman arasti
"Warum grinst deine Katze so?"
"Miksi kissasi virnistää tuolla tavalla?"
»Es ist eine Cheshire-Katze,« sagte die Herzogin
"Se on Cheshire-kissa", herttuatar sanoi
"Und deshalb grinst er von Ohr zu Ohr"
"Ja siksi hän virnistää korvasta korvaan"
"Ich wusste nicht, dass eine Cheshire-Katze immer grinst"
"En tiennyt, että Cheshire-kissa virnisti aina"
**"Eigentlich wusste ich nicht, dass Katzen grinsen können",
sagte Alice**
"Itse asiassa en tiennyt, että kissat voivat virnistää", sanoi Alice
»Es gibt vieles, was Sie nicht wissen,« sagte die Herzogin
"On paljon sellaista, mitä et tiedä", herttuatar sanoi
**"Es gibt vieles, was man nicht weiß, und das ist eine
Tatsache"**
"On paljon mitä et tiedä ja se on fakta"
**In diesem Augenblick nahm die Köchin den Kessel mit der
Suppe vom Feuer**
Juuri silloin kokki otti keiton kaldronin tulesta
Und sogleich fing sie an, alles in ihre Reichweite zu werfen
ja heti hän alkoi heittää kaiken ulottuvilleen
**sie warf alles, was sie konnte, auf die Herzogin und das
Baby**
hän heitti kaikkensa herttuattarelle ja vauvalle
Zuerst warf sie die Feuereisen
Ensin hän heitti tuliraudat
Dann warf sie eine Handvoll Töpfe
Sitten hän heitti kourallisen kattiloita
und schließlich warf sie die Teller und Schüsseln
ja lopulta hän heitti lautaset ja astiat
Die Herzogin nahm keine Notiz von ihr
Herttuatar ei kiinnittänyt häneen huomiota
Selbst als sie von einem Teller getroffen wurde, machte sie

sich keine Sorgen

Jopa silloin, kun lautanen osui häneen, hän ei ollut huolissaan

Das Baby heulte schon so viel

vauva ulvoi jo niin paljon

Es war also unmöglich zu sagen, ob die Schläge das Baby verletzt haben oder nicht

Joten oli mahdotonta sanoa, satuttivatko iskut vauvaa vai eivät

"Oh, gib bitte acht, was du tust!" rief Alice

"Voi, ole hyvä ja välitä siitä, mitä teet!" huudahti Liisa

und sie sprang in Todesangst des Entsetzens auf und ab

ja hän hyppäsi ylös ja alas kauhun tuskassa

die Herzogin bot Alice das Baby an

herttuatar tarjosi Alicelle vauvaa

»Hier! Du kannst das Kind ein wenig stillen, wenn du willst!«

"Täällä! Voit imettää vauvaa vähän, jos haluat!"

Und sie schleuderte das Kind nach ihr, während sie sprach

ja hän heitti vauvan häntä kohti puhuessaan

"Ich muss gehen und mich darauf vorbereiten, mit der Königin Krocket zu spielen"

"Minun täytyy mennä ja valmistautua pelaamaan krokettia kuningattaren kanssa"

und sie eilte aus dem Zimmer

ja hän kiiruhti ulos huoneesta

Alice fing das Baby mit einiger Mühe auf

Alice sai vauvan kiinni vaikeuksin

weil es ein sehr seltsam geformtes kleines Wesen war

koska se oli hyvin oudon muotoinen pieni olento

Und das Kind streckte seine Arme und Beine nach allen Richtungen aus

ja vauva ojensi kätensä ja jalkansa kaikkiin suuntiin

"Das Kind nehme ich lieber mit!" dachte Alice

"Minun on parasta ottaa tämä lapsi mukaani", ajatteli Liisa

"Sie werden dieses Baby sicher in ein oder zwei Tagen töten"

"He varmasti tappavat tämän vauvan päivässä tai kahdessa"

"Wäre es nicht Mord, dieses Baby zurückzulassen?"
"Eikö olisi murha jättää tämä vauva taakseen?"
Sie sprach die letzten Worte laut aus
Hän sanoi viimeiset sanat ääneen
Und das kleine Ding grunzte als Antwort
ja pieni asia murisi vastaukseksi
"Du verwandelst dich am besten nicht in ein Schwein,
meine Liebe!" sagte Alice
"Sinun on parasta olla muuttumatta siaksi, kultaseni", sanoi
Liisa
"sonst habe ich nichts mehr mit dir zu tun"
"tai muuten minulla ei ole enää mitään tekemistä kanssasi"
Alice fing eben an, bei sich selbst zu denken:
Liisa alkoi vasta ajatella itsekseen:
»Nun, was soll ich mit diesem Geschöpf anfangen, wenn ich
es nach Hause bringe?«
"Mitä minun pitäisi tehdä tälle olennolle, kun saan sen kotiin?"
Aber dann grunzte das kleine Geschöpf ein wenig heftig
Mutta sitten pieni olento murisi hieman väkivaltaisesti
und Alice sah ihm erschrocken ins Gesicht
ja Liisa katsoi hätääntyneenä sen kasvoihin
Diesmal konnte es keinen Irrtum geben
Tällä kertaa siitä ei voinut erehtyä
Es war nicht mehr und nicht weniger als ein Schwein
se ei ollut enempää eikä vähempää kuin sika
Da setzte sie das kleine Geschöpf ab
Niinpä hän laski pienen olennon alas
und das kleine Geschöpf trabte leise in den Wald hinein
ja pieni olento ravasi hiljaa metsään
Alice war ziemlich erleichtert, als sie die Kreatur
verschwinden sah
Liisa tunsi olonsa helpottuneeksi nähdessään olennon
menevän
Alice erschrak ein wenig, als sie die Cheshire-Katze sah
Liisa säikähti hieman nähdessään Cheshire-kissan
Er saß auf einem Ast eines Baumes, ein paar Meter entfernt
Se istui puun oksalla muutaman metrin päässä

Die Katze grinste nur, als sie sie sah
Kissa vain virnisti nähdessään hänet
»Cheshire-Katze,« begann Alice etwas schüchtern
»Cheshire-kissa», aloitti Liisa hieman arkaillen
»Würden Sie mir bitte sagen, welchen Weg ich von hier aus
einschlagen soll?«
"Voisitteko ystävällisesti kertoa minulle, mihin suuntaan
minun pitäisi mennä täältä?"
"In diese Richtung", sagte die Katze
"Siihen suuntaan", kissa sanoi
Und er fuchtelte mit der rechten Pfote herum
ja se heilutti oikeaa tassua ympäri
"In dieser Richtung lebt ein Hutmacher"
"Siihen suuntaan elää hattujen tekijä"
Und dann winkte die Katze mit der anderen Pfote
Ja sitten kissa heilutti toista tassuaan
"Und in dieser Richtung wohnt ein Märzhase"
"Ja siihen suuntaan elää marssijänis"
»Besuchen Sie, wen Sie wollen; Sie sind beide verrückt"
"Käy jommassakummassa haluat; he ovat molemmat vihaisia"
»Aber ich will nicht unter Verrückte gehen«, bemerkte Alice
"Mutta en halua mennä hullujen ihmisten joukkoon", Liisa
huomautti
"Ach, dafür kannst du nicht helfen!" sagte die Katze
"Voi, et voi sille mitään", sanoi kissa
"Wir sind alle verrückt hier"
"Olemme kaikki vihaisia täällä"
"Spielst du heute Krocket mit der Queen?"
"Pelaatko krokettia kuningattaren kanssa tänään?"
"Das würde ich sehr gerne!" sagte Alice
"Haluaisin kovasti", sanoi Liisa
"aber ich bin noch nicht eingeladen worden"
"mutta minua ei ole vielä kutsuttu"
"Du wirst mich dort sehen!" sagte die Katze
"Näet minut siellä", sanoi kissa
Und von einem Augenblick auf den anderen verschwand
die Katze

ja hetkestä toiseen kissa katosi
bald kam Alice in Sichtweite des Hauses des Märzhasen
pian Liisa näki marssijäniksen talon
Das war ein sehr großes Haus
Tämä oli erittäin suuri talo
Alice wollte also nicht in die Nähe des Hauses gehen
joten Liisa ei halunnut mennä talon lähelle
**Zuerst musste sie noch etwas von dem linken Stück Pilz
knabbern**
Ensin hänen piti napostella lisää vasemmanpuoleista sieniä

Eine verrückte Teeparty

Hullut teekutsut

Vor dem Haus stand ein Baum

Talon edessä oli puu

Und unter dem Baum stand ein Tisch

ja puun alla oli pöytä

und der Tisch war mit allerlei Besteck gedeckt

ja pöytä oli katettu kaikenlaisilla ruokailuvälineillä

Der Märzhase und der Hutmacher saßen bei Tisch

Maaliskuun jänis ja hatuntekijä olivat pöydässä

und zusammen tranken sie Tee

ja yhdessä he joivat teetä

Ein Siebenschläfer saß zwischen ihnen

Dormouse istui heidän välissään

und der Siebenschläfer schlief fest

ja dormouse nukkui nopeasti

Der Tisch war von außergewöhnlicher Größe

Pöytä oli poikkeuksellisen kokoinen

Aber der größte Teil des Tisches war unbesetzt

Mutta suurin osa pöydästä oli tyhjä

Sie saßen dicht gedrängt an einer Ecke des Tisches

He istuivat tungosta yhdessä pöydän yhdessä nurkassa

und doch entschuldigten sie sich, als sie Alice sahen

ja kuitenkin he keksivät tekosyitä nähdessään Liisan

»Kein Platz! Kein Platz!« schrien sie

"Ei tilaa! Ei tilaa!" he huusivat

»Es ist viel Platz!« sagte Alice entrüstet

"Siellä on paljon tilaa!" sanoi Liisa närkästyneenä

An einem Ende des Tisches stand ein großer Sessel

Pöydän toisessa päässä oli suuri nojatuoli

und Alice setzte sich in den Sessel

ja Liisa istuutui nojatuoliin

Der Hutmacher riss die Augen weit auf

Hatuntekijä avasi silmänsä hyvin leveästi

Er konnte nicht glauben, was er da sah

Hän ei voinut uskoa näkemäänsä

aber sein Geist war neugierig auf andere Dinge

Mutta hänen mielensä oli utelias muista asioista
»Warum ist ein Rabe wie ein Schreibtisch?«
"Miksi korppi on kuin kirjoituspöytä?"
Alice war offen für die Herausforderung
Alice oli avoin haasteelle
"Ich bin froh, dass sie angefangen haben, Rätsel zu stellen"
"Olen iloinen, että he ovat alkaneet kysellä arvoituksia"
»Ich glaube, das kann ich erraten«, fügte sie laut hinzu
"Uskon, että voin arvata sen", hän lisäsi ääneen
Der Märzhase wurde neugierig auf Alice
Marssijänis kiinnostui Liisasta
"Glaubst du wirklich, dass du die Antwort finden kannst?"
"Luuletko todella löytäväsi vastauksen?"
»Ich glaube, ich kann die Antwort finden,« sagte Alice
"Luulen löytäväni vastauksen todellakin", sanoi Liisa
»Dann sollst du sagen, was du meinst,« fuhr der Märzhase fort
"Sitten sinun pitäisi sanoa, mitä tarkoitat", marssijänis jatkoi
»Ich sage, was ich meine,« erwiderte Alice hastig
"Sanon kyllä, mitä tarkoitan", Liisa vastasi kiireesti
"Zumindest meine ich ernst, was ich sage"
"ainakin tarkoitan mitä sanon"
"Das ist dasselbe, weißt du"
"Se on sama asia, tiedäthän"
Auch der Siebenschläfer trug zu dem Gespräch bei
Myös Dormouse osallistui keskusteluun
Aber der Siebenschläfer schien im Schlaf zu sprechen
Mutta Dormouse näytti puhuvan unissaan
"Ich atme, wenn ich schlafe"
"Hengitän nukkuessani"
"Ich schlafe, wenn ich atme!"
"Nukun, kun hengitän!"
"Man könnte genauso gut sagen, dass sie auch gleich sind"
"Yhtä hyvin voisi sanoa, että nekin ovat samanlaisia"
"So ist es auch bei dir!" sagte der Hutmacher
"Sama koskee sinua", sanoi hatuntekijä
und er goß ein wenig Tee über die Nase des Siebenschläfers

ja hän kaatoi vähän teetä makuusalin nenään
Das Murmelthier schüttelte ungeduldig den Kopf
Dormouse pudisti päätään kärsimättömästi
Und wieder sprach das Murmelmaus, ohne die Augen zu öffnen
Ja taas Dormouse puhui avaamatta silmiään
"Natürlich, natürlich ist es dasselbe"
"Tietenkin se on sama"
"Das wollte ich ja auch sagen"
"Se on juuri sitä, mitä aioin sanoa itse"

Der Hutmacher wandte sich an Alice und stellte eine weitere Frage
Hatuntekijä kääntyi Liisan puoleen ja esitti toisen kysymyksen
"Hast du das Rätsel schon erraten?"
"Oletko jo arvannut arvoituksen?"
"Nein, ich gebe auf", gab Alice zu
"Ei, minä luovutan", Liisa myönsi
"Was ist die Antwort?", wollte sie wissen
"Mikä on vastaus?" hän halusi tietää
»Ich habe nicht die geringste Ahnung,« sagte der Hutmacher
"Minulla ei ole pienintäkään aavistustakaan", sanoi

hatuntekijä
"Ich weiß es auch nicht!" sagte der Märzhase
»Enkä minä tiedä», sanoi marssijänis
Alice stieß einen müden Seufzer aus
Liisa huokaisi väsyneenä
**"Es gibt eine bessere Nutzung der Zeit als Rätsel ohne
Antworten"**
"On parempaa ajankäyttöä kuin arvoitukset ilman vastauksia"
**»Trinken Sie noch etwas Tee,« sagte der Märzhase sehr ernst
zu Alice**
"Ota lisää teetä", marssijänis sanoi Liisalle hyvin vakavasti
Alice war ziemlich beleidigt über das Angebot
Liisa oli varsin loukkaantunut tarjouksesta
»Ich habe noch keinen Tee getrunken,« erwiderte Alice
"En ole vielä juonut teetä", Liisa vastasi
"Deshalb kann ich keinen Tee mehr trinken"
"siksi en voi juoda enää teetä"
**»Du meinst, weniger Tee kannst du nicht haben«, sagte der
Hutmacher**
"Tarkoitatko, ettet voi juoda vähemmän teetä", sanoi
hatuntekijä
"Es ist sehr einfach, mehr als nichts zu nehmen"
"On erittäin helppoa ottaa enemmän kuin ei mitään"
Bei diesen Worten erhob sich Alice und ging fort
Tässä vaiheessa Liisa nousi ylös ja käveli pois
Der Siebenschläfer schlief augenblicklich ein
Dormouse nukahti välittömästi
**und keiner der andern nahm die geringste Notiz davon, daß
sie ging**
eikä kumpikaan muista kiinnittänyt häneen pienintäkään
huomiota
obwohl sie ein- oder zweimal zurückblickte
vaikka hän katsoi taaksepäin kerran tai kahdesti
**Sie versuchten, den Siebenschläfer in die Teekanne zu
stecken**
He yrittivät laittaa dormousen teekannuun
"Jedenfalls werde ich nie wieder dorthin gehen!" sagte Alice

"Joka tapauksessa, en enää koskaan mene sinne!" sanoi Liisa
Und sie ging ihren Weg durch den Wald
ja hän käveli tiensä metsän läpi
"Das war die dümmste Teeparty, auf der ich je war"
"Ne olivat typerimmät teekutsut, joissa olen koskaan ollut"
Gerade als sie das sagte, bemerkte sie etwas
Juuri kun hän sanoi tämän, hän huomasi jotain
Einer der Bäume hatte eine Tür, die direkt hineinführte
Yhdessä puista oli ovi, joka johti suoraan siihen
»Das ist sehr interessant!« dachte sie
"Se on hyvin mielenkiintoista!" hän ajatteli
"Ich denke, ich kann genauso gut durch die Tür gehen"
"Luulen, että voin yhtä hyvin mennä ovesta sisään"
Und durch die Tür ging sie
Ja oven läpi hän meni
Wieder befand sie sich in der langen Halle
Vielä kerran hän löysi itsensä pitkästä salista
Wieder stand sie dicht an dem kleinen Glastisch
Jälleen hän oli lähellä pientä lasipöytää
Sie nahm den kleinen goldenen Schlüssel
Hän otti pienen kultaisen avaimen
und sie schloß die Tür auf, die in den Garten führte
ja hän avasi oven, joka johti puutarhaan
Dann machte sie sich daran, an dem Pilz zu knabbern
Sitten hän ryhtyi töihin nauramaan sieniä
Sie hatte ein Stück des Pilzes in ihrer Tasche aufbewahrt
Hän oli pitänyt palan sientä taskussaan
Und schließlich war sie etwa einen Meter groß
ja lopulta hän oli noin metrin pitkä
dann ging sie den kleinen Korridor hinunter
Sitten hän käveli pientä käytävää pitkin
**Und dann fand sie sich endlich in dem schönen Garten
wieder**
Ja sitten hän lopulta löysi itsensä kauniista puutarhasta
**Und sie war zwischen den hellen Blumen und den kühlen
Springbrunnen**
ja hän oli kirkkaan kukan ja viileiden suihkulähteiden keskellä

Der Krocketplatz der Königinnen

Kuningattaren krokettimaa

Ein großer Rosenstrauch stand in der Nähe des Eingangs des Gartens

Suuri ruusupuu seisoi lähellä puutarhan sisäänkäyntiä

Die Rosen, die an dem Baum wuchsen, waren weiß

Puussa kasvavat ruusut olivat valkoisia

aber es waren drei Gärtner, die die Rose bemalten

Mutta ruusua maalasi kolme puutarhuria

Sie waren damit beschäftigt, die Rosen rot zu färben

He maalasivat ruusuja ahkerasti punaisiksi

und Alice sah zu, wie sie die Rosen rot färbten

ja Liisa katseli heidän maalaavan ruusut punaisiksi

und plötzlich fielen ihre Augen zufällig auf Alice

ja äkkiä heidän silmänsä sattuivat osumaan Liisaan;

Alice sprach ein wenig schüchtern

Liisa puhui hieman arkaillen

»Würden Sie es mir bitte sagen?«

"Voisitko kertoa minulle, kiitos;"

"Warum malt ihr alle diese Rosen?"

"Miksi te kaikki maalaatte noita ruusuja?"

Fünf und Sieben sagten nichts, sondern sahen zwei an

Viisi ja seitsemän eivät sanoneet mitään, mutta katsoivat kahta

zwei Sprecher, mit leiser Stimme

Kaksi puhui matalalla äänellä

»Nun, die Sache ist die, sehen Sie, gnädige Frau.«

"Miksi, tosiasia on, näetkö, rouva"

"Das hier hätte ein roter Rosenstrauch sein sollen"

"Tämän täällä olisi pitänyt olla punainen ruusupuu"

"Und wir haben aus Versehen einen weißen Rosenstrauch hineingesetzt"

"Ja me laitoimme vahingossa valkoisen ruusupuun"

"Wie Sie mir zustimmen würden, darf die Königin es nicht herausfinden"

"Kuten olet samaa mieltä, kuningatar ei saa saada selville"

"Sonst würden wir uns allen die Köpfe abschneiden"

"Muuten meiltä kaikilta katkaistaisiin pää"

"Sie sehen also, gnädige Frau, wir tun unser Bestes"
"Joten näetkö, rouva, teemme parhaamme"
Karte fünf hatte ängstlich über den Garten geschaut
Kortti viisi oli katsellut huolestuneena puutarhan poikki
**In diesem Augenblick rief die fünfte Karte: "Die Königin!
Die Königin!"**
Tällä hetkellä kortti viisi huusi: "Kuningatar! Kuningatar!"
und die drei Gärtner eilten augenblicklich davon
ja kolme puutarhuria ryntäsivät heti pois
und sie warfen sich flach auf ihre Gesichter
ja he heittäytyivät kasvoilleen
Man hörte das Geräusch vieler Schritte
Kuului monien askelten ääni
Alice sah sich um, begierig darauf, die Königin zu sehen
Liisa katseli ympärilleen innokkaana näkemään kuningattaren
Am Anfang des Zuges standen zehn Soldaten
Kulkueen alussa oli kymmenen sotilasta
Ihre Hände und Füße waren in den Ecken
heidän kätensä ja jalkansa olivat nurkissa
und in ihren Händen und Füßen waren Keulen
ja heidän käsissään ja jaloissaan olivat nuijat
Als nächstes kamen die zehn Höflinge
Seuraavaksi tulivat kymmenen hovimiestä
**die Höflinge waren über und über mit Diamanten
geschmückt**
Hovimiehet koristettiin kaikkialla timanteilla
Nach den Höflingen kamen die königlichen Kinder
Hovimiesten jälkeen tulivat kuninkaalliset lapset
Es waren zehn der königlichen Kinder
Kuninkaallisia lapsia oli kymmenen
und alle königlichen Kinder waren mit Herzen geschmückt
ja kaikki kuninkaalliset lapset oli koristeltu sydämillä
Dann kamen die Gäste; Meist Könige und Königinnen
Seuraavaksi tulivat vieraat; enimmäkseen kuninkaita ja
kuningattaria
und unter den Königen und Königinnen sah Alice jemanden
ja kuninkaiden ja kuningattaren joukossa Alice näki jonkun

Sie sah wieder das weiße Kaninchen, das sie gejagt hatte
Hän näki jälleen valkoisen kanin, jota hän oli jahdannut
Der Prozession folgte der Spitzbube der Herzen
Kulkuetta seurasi sydänten knave
Er trug die Krone des Königs
Hän kantoi kuninkaan kruunua
und die Krone des Königs lag auf einem purpurnen Samtkissen
ja kuninkaan kruunu oli karmiininpunaisella samettityynyllä
Und dann kam das Ende dieser großen Prozession
Ja sitten päättyi tämä suuri kulkue
Und da waren am Ende der König und die Königin der Herzen
ja siellä lopussa olivat sydänten kuningas ja kuningatar
der Zug kam Alice gegenüber
kulkue tuli Alicea vastapäätä
Und alle blieben stehen und sahen sie an
ja he kaikki pysähtyivät ja katsoivat häntä
Und die Königin sprach streng: "Wer ist das?"
Ja kuningatar sanoi vakavasti: "Kuka tämä on?"
Sie sagte es zum Herzknaben
Hän sanoi sen sydänten konnalle
aber er verbeugte sich nur und lächelte als Antwort
Mutta hän vain kumarsi ja hymyili vastaukseksi
Alice sprach sehr höflich
Liisa puhui hyvin kohteliaasti
"Mein Name ist Alice, also bitte, Eure Majestät"
"Nimeni on Alice, joten olkaa hyvä ja majesteettinne"
Aber sie hatte andere Gedanken für sich
mutta hänellä oli muita ajatuksia itselleen
"Es ist doch nur ein Kartenspiel!"
"Nehän ovat loppujen lopuksi vain korttipaketti!"
»Kannst du Krocket spielen?« rief die Königin
"Voitko pelata krokettia?" kuningatar huusi
Die Frage war offenbar an Alice gerichtet
Kysymys oli ilmeisesti tarkoitettu Liisalle
"Ja!" sagte Alice laut

"Kyllä!" sanoi Liisa kovalla äänellä
"Komm also spielen!" brüllte die Königin
"Tule sitten leikkimään!" kuningatar karjui
sprach eine schüchterne Stimme zu Alice
arka ääni puhui Liisalle
"Es ist ein sehr schöner Tag!"
"Tämä on erittäin hieno päivä!"
Sie ging an dem weißen Kaninchen vorbei
Hän käveli valkoisen kanin ohi
und das weiße Kaninchen guckte ihr ängstlich ins Gesicht
ja Valkoinen Kani kurkisti huolestuneena hänen kasvoihinsa
»ein sehr schöner Tag,« bestätigte Alice
"Erittäin hieno päivä", vahvisti Liisa
»Wo ist die Herzogin?«
"Missä herttuatar on?"
»Still! Still!" sagte das Kaninchen
"Hiljaa! Hiljaa!" sanoi jänis
"Sie ist zum Tode verurteilt"
"Hän on teloitustuomion alla"
»Wofür wird sie hingerichtet?« fragte Alice
"Minkä vuoksi hänet teloitetaan?" kysyi Liisa
"Sie hat der Königin die Ohren abgewetzt", begann das Kaninchen
"Hän naarmutti kuningattaren korvia", kani aloitti
schrie die Königin mit Donnerstimme
kuningatar huusi ukkosen äänellä
"Ran an eure Plätze!"
"Mene paikoillesi!"
Und die Leute rannten in alle Richtungen herum
ja ihmiset alkoivat juosta ympäriinsä kaikkiin suuntiin
Und sie fielen alle aneinander
ja he kaikki kaatuivat toisiaan vasten
Sie hatten sich jedoch in ein oder zwei Minuten beruhigt
He kuitenkin asettuivat asumaan minuutissa tai kahdessa
Und dann begann das Spiel
Ja sitten peli alkoi
Alice hatte noch nie einen so merkwürdigen Krocketplatz

gesehen
Liisa ei ollut koskaan nähnyt niin kummallista krokettimaata
Das Gras bestand nur aus Graten und Furchen
Ruoho oli pelkkiä harjanteita ja vakoja
Die Krocketbälle waren echte Igel
Krokettipallot olivat oikeita siilejä
und die Schlägel waren echte Flamingos
ja vasarat olivat todellisia flamingoja
und die Soldaten standen auf Händen und Füßen
ja sotilaat seisoivat käsillään ja jaloillaan
weil die Bögen aus ihren Körpern gemacht wurden
koska kaaret tehtiin heidän ruumiistaan
Die Spieler spielten alle gleichzeitig
Kaikki pelaajat pelasivat kerralla
Niemand wartete, bis er an der Reihe war
Kukaan ei odottanut vuoroaan
und jeder stritt sich mit jedem
ja kaikki riitelivät kaikkien kanssa
und alle kämpften für die Igel
ja kaikki taistelivat siilien puolesta
Bald geriet die Königin in eine wütende Leidenschaft
Pian kuningatar oli raivoissaan
Und sie fing an, herumzustampfen und zu schreien
ja hän alkoi tömistellä ja huutaa
»Hacken Sie ihm den Kopf ab!«
"Leikkaa hänen päänsä irti!"
"Hack ihr den Kopf ab!"
"Leikkaa hänen päänsä irti!"
"Hackt ihnen alle Köpfe ab!"
"Leikkaa kaikki heidän päänsä irti!"
Wieder dachte Alice bei sich.
Liisa ajatteli taas itsekseen
"Sie lieben es schrecklich, hier Menschen zu enthaupten"
"He ovat hirveän ihastuneita mestaamaan ihmisiä täällä"
"Das große Wunder ist, dass überhaupt noch jemand am Leben ist!"
"Suuri ihme on, että kukaan on elossa!"

Sie sah sich nach einem Ausweg um

Hän etsi jonkinlaista pakotietä

Sie bemerkte eine merkwürdige Erscheinung in der Luft

Hän huomasi uteliaan ulkonäön ilmassa

»Es ist die Cheshire-Katze,« sagte sie zu sich selbst

"Se on Cheshire-kissa", hän sanoi itsekseen

"Jetzt habe ich jemanden, mit dem ich reden kann"

"Nyt minulla on joku, jolle puhua"

"Wie geht es dir?" fragte die Katze

"Miten sinä pärjäät?" kysyi kissa

»Ich glaube nicht, daß sie ganz und gar fair spielen«, sagte Alice

"Mielestäni he eivät pelaa ollenkaan reilusti", Alice sanoi

Und sie hatte einen ziemlich klagenden Ton

ja hänellä oli melko valittava sävy

"Sie streiten sich alle so fürchterlich"

"He kaikki riitelevät niin kauheasti"

"Man hört sich selbst nicht sprechen"

"Ei kuule itsensä puhuvan"

"Und sie scheinen sich nicht an irgendwelche Regeln zu halten"

"Eivätkä he näytä pelaavan millään säännöillä"

die Katze stellte Alice mit leiser Stimme eine Frage

kissa kysyi Liisalta kysymyksen matalalla äänellä

"Wie gefällt dir die Königin?"

"Mitä pidät kuningattaresta?"

»Ich mag sie gar nicht,« sagte Alice

"En pidä hänestä ollenkaan", sanoi Liisa

Alice dachte, sie könnte genauso gut zurückgehen
Liisa ajatteli, että hän voisi yhtä hyvin palata takaisin
Sie wollte sehen, wie das Spiel läuft
Hän halusi nähdä, miten peli sujuu
Sie machte sich auf die Suche nach ihrem Igel
Hän lähti etsimään siiliään
Der Igel war damit beschäftigt, gegen einen anderen Igel zu kämpfen
Siili oli kiireinen taistelemaan toista siiliä vastaan
Das war eine ausgezeichnete Gelegenheit
Tämä oli erinomainen tilaisuus
Sie konnte einen Igel mit dem anderen krocketen
Hän voisi kroketti yhden siilin toisen kanssa
Aber ihr Flamingo war auf der anderen Seite des Gartens
Mutta hänen flamingonsa oli puutarhan toisella puolella
Der Flamingo war ziemlich tollpatschig
Flamingo oli melko kömpelö
Ihr Flamingo versuchte, gegen einen Baum zu fliegen
Hänen flamingonsa yritti lentää puuhun
Sie packte den Flamingo am Bein

Hän tarttui flamingoon jalasta
Und sie schob sich den Flamingo unter den Arm
ja hän työnsi flamingon kainalonsa alle
So konnte der Flamingo nicht mehr entkommen
Näin flamingo ei voinut enää paeta
In diesem Augenblick traf Alice zufällig die Herzogin
Juuri silloin Alice sattui tapaamaan herttuattaren
Die Herzogin war nun aus dem Gefängnis entlassen worden
Herttuatar oli nyt päässyt vankilasta
Sie schob ihren Arm liebevoll unter Alices Arm
Hän työnsi kätensä hellästi Liisan kainaloon
Und dann gingen sie zusammen fort
ja sitten he kävelivät pois yhdessä
Alice war sehr froh, sie in so angenehmer Laune zu finden
Alice oli erittäin iloinen löytäessään hänet niin miellyttävällä
luonteella
Sie erschrak jedoch ein wenig
Hän oli kuitenkin hieman hämmästynyt
Sie hörte die Stimme der Herzogin dicht an ihrem Ohr
Hän kuuli herttuattaren äänen lähellä korvaansa
"Du denkst über etwas nach, meine Liebe"
"Ajattelet jotain, rakkaani"
"Und das lässt dich das Reden vergessen"
"Ja se saa sinut unohtamaan puhua"
»Das Spiel geht jetzt etwas besser«, sagte Alice
"Peli sujuu nyt paremmin", Alice sanoi
Es war eine Möglichkeit, das Gespräch am Laufen zu halten
Se oli yksi tapa pitää keskustelu käynnissä
»So ist es,« sagte die Herzogin
"Niin se todellakin on", herttuatar sanoi
"Und die Moral davon ist folgende."
"Ja sen opetus on tämä:"
"Es ist die Liebe, die alles macht!"
"Rakkaus tekee kaiken!"
"Liebe ist das, was die Welt bewegt"
"Rakkaus on se, mikä saa maailman pyörimään"
Alice hatte eine andere Erklärung

Liisalla oli toinen selitys
**"Das macht jeder, der sich um seine eigenen
Angelegenheiten kümmert!"**
"Sen tekee se, että jokainen huolehtii omista asioistaan!"
»Ah, gut! Du könntest Recht haben"
"No niin! Saatat olla oikeassa"
»Es bedeutet alles ziemlich dasselbe,« sagte die Herzogin
"Kaikki tarkoittaa paljolti samaa", herttuatar sanoi
und sie grub ihr spitzes kleines Kinn in Alices Schulter
ja hän kaivoi terävän pienen leukansa Liisan olkapäähän
"Und die Moral davon ist folgende"
"Ja sen opetus on tämä"
"Kümmere dich um die Sinne"
"Pidä huolta aistista"
"Und dann erledigen sich die Klänge von selbst"
"Ja sitten äänet huolehtivat itsestään"
Aber dann fing der Arm der Herzogin an zu zittern
Mutta sitten herttuattaren käsivarsi alkoi vapista
Alice blickte auf und da stand die Königin
Liisa katsahti ylös ja siinä seisoi kuningatar
Die Königin hatte die Arme verschränkt
Kuningattaren kädet olivat ristissä
Und sie runzelte die Stirn wie ein Gewitter!
ja hän kurtisti kulmiaan kuin ukkosmyrsky!
»Ich warne dich!« schrie die Königin
"Annan teille reilun varoituksen", kuningatar huusi
Und sie stampfte auf den Boden, während sie sprach
ja hän kompastui maahan puhuessaan
"Entweder dein Kopf oder ihr Kopf muss ausgeschaltet sein"
"Joko pääsi tai hänen päänsä täytyy olla irti"
"Treffen Sie Ihre Wahl!"
"Tee valintasi!"
"Und beeilen Sie sich"
"Ja ole nopea"
Die Herzogin traf ihre Wahl
Herttuatar teki valintansa
und in einem Augenblick war die Herzogin verschwunden

ja hetken kuluttua herttuatar oli poissa
Da sprach die Königin zu Alice
Sitten kuningatar puhui Alicelle
"Weiter geht's mit dem Spiel"
"Jatketaan peliä"
Alice war zu erschrocken, um ein Wort zu sagen
Liisa oli liian peloissaan sanoakseen sanaakaan
und langsam folgte sie ihrem Rücken zum Krocketplatz
ja hän seurasi häntä hitaasti takaisin krokettikentälle
Die ganze Zeit stritt sich die Dame mit den anderen Spielern
Koko ajan kuningatar riiteli muiden pelaajien kanssa
»Hacken Sie ihm den Kopf ab!«
"Leikkaa hänen päänsä irti!"
"Hack ihr den Kopf ab!"
"Leikkaa hänen päänsä irti!"
"Hackt ihnen alle Köpfe ab!"
"Leikkaa kaikki heidän päänsä irti!"
Bald waren alle Spieler in Gewahrsam
Pian kaikki pelaajat olivat pidätettyinä
nur der König, die Königin und Alice blieben zurück
vain kuningas, kuningatar ja Alice jäivät
Da ging die Königin, ganz außer Atem
Sitten kuningatar lähti, aivan hengästyneenä
und sie ging mit Alice fort
ja hän käveli pois Liisan kanssa
Alice hörte, wie der König leise etwas sagte
Liisa kuuli kuninkaan hiljaa sanovan jotain
"Ihr seid alle begnadigt"
"Teidät kaikki armahdetaan"
aber plötzlich hörte man einen neuen Schrei
Mutta yhtäkkiä kuului toinen huuto
"Der Prozess beginnt!"
"Oikeudenkäynti on alkamassa!"
und Alice lief mit den andern
ja Liisa juoksi muiden mukana

Wer hat die Torten gestohlen?

Kuka varasti tortut?

Der Herzkönig und die Herzkönigin saßen

Sydänten kuningas ja kuningatar istuivat

sie saßen auf ihrem Thron, als Alice ankam

he olivat valtaistuimellaan, kun Alice saapui

Eine große Menschenmenge war um sie herum versammelt

Heidän ympärilleen oli kerääntynyt suuri väkijoukko

Es gab allerlei kleine Vögel und Bestien

Siellä oli kaikenlaisia pikkulintuja ja petoja

Und da war das ganze Kartenspiel

Ja siellä oli koko korttipaketti

Der Spitzbube stand in Ketten vor ihnen

Konna seisoi heidän edessään, kahleissa

und auf jeder Seite war ein Soldat, der ihn bewachte

ja kummallakin puolella oli sotilas vartioimassa häntä

in der Nähe des Königs war das weiße Kaninchen

Kuninkaan lähellä oli valkoinen kani

Er hatte eine Trompete in der einen Hand

Hänellä oli pasuuna toisessa kädessään

Und in der andern Hand hielt er eine Pergamentrolle

ja hänellä oli pergamenttikäärö toisessa kädessään

In der Mitte des Platzes stand ein Tisch

Aivan kentän keskellä oli pöytä

Auf dem Tisch stand eine große Schüssel mit Torten

Pöydällä oli suuri ruokalaji torttuja

**"Ich wünschte, sie würden den Prozess zu Ende bringen",
dachte Alice**

"Toivon, että he saisivat oikeudenkäynnin päätökseen", Alice
ajatteli

"Dann könnten wir etwas von diesen Erfrischungen essen!"

"Sitten voisimme syödä niitä virvokkeita!"

Der Richter war übrigens der König
Tuomari, muuten, oli kuningas
und er trug seine Krone über seiner großen Perücke
ja hän kantoi kruunuaan suuren peruukkinsa päällä
»Das ist die Loge der Geschworenen!« dachte Alice
"Se on tuomaristo", ajatteli Liisa
"Und diese zwölf Geschöpfe, ich nehme an, sie sind die Geschworenen"
"ja nuo kaksitoista olentoa, luulen, että he ovat valamiehiä"
einige waren Tiere, andere waren Vögel
Jotkut olivat eläimiä ja jotkut lintuja
In diesem Augenblick schrie das weiße Kaninchen auf
Juuri silloin valkoinen kani huusi
"Schweigen im Gericht!"
"Hiljaisuus tuomioistuimessa!"
»Herold, lesen Sie die Anklage!« sagte der König

"Airut, lue syytös!" sanoi kuningas
Das weiße Kaninchen blies drei Stöße auf die Trompete
Valkoinen kani puhalsi kolme räjähdystä trumpetilla
dann entrollte er die Pergamentrolle
Sitten hän avasi pergamenttikäärön
Und er las folgendes:
ja hän luki seuraavasti:
"Die Königin der Herzen, sie hat ein paar Torten gebacken."
"Sydänten kuningatar, hän teki torttuja."
"All das tat sie an einem Sommertag"
"Kaiken tämän hän teki kesäpäivänä"
"Der Schurke der Herzen, er hat diese Torten gestohlen"
"Sydänten konna, hän varasti ne tortut"
"Und er hat diese Torten weit weg gebracht!"
"Ja hän vei ne tortut kauas!"
»Rufen Sie den ersten Zeugen,« sagte der König
"Kutsu ensimmäinen todistaja", kuningas sanoi
und das weiße Kaninchen blies drei Stöße auf die Trompete
ja valkoinen kani puhalsi kolme räjähdystä trumpetille
»Bringt den ersten Zeugen!« rief er
"Tuo ensimmäinen todistaja!" hän huusi
Der erste Zeuge war der Hutmacher
Ensimmäinen todistaja oli hatuntekijä
Er kam mit einer Teetasse in der einen Hand herein
Hän tuli sisään teekuppi toisessa kädessään
Und in der anderen Hand hatte er ein Stück Brot und Butter
ja hänellä oli pala leipää ja voita toisessa kädessään
»Du hättest fertig sein sollen,« sagte der König
»Teidän olisi pitänyt lopettaa», sanoi kuningas
"Wann hast du angefangen?"
"Milloin aloitit?"
Der Hutmacher schaute sich den Märzhasen an
Hatuntekijä katsoi marssijänistä
Der Märzhase war ihm in den Hof gefolgt
Maaliskuun jänis oli seurannut häntä pihaan
Er war Arm in Arm mit dem Siebenschläfer gegangen
Hän oli kävellyt käsi kädessä DorMousen kanssa

»Ich glaube, es war der vierzehnte März«, sagte er
"Neljästoista maaliskuuta, luulen, että se oli", hän sanoi
»Geben Sie Ihre Aussage,« sagte der König
»Todistakaa», sanoi kuningas
"Und sei nicht nervös, sonst lasse ich dich auf der Stelle
hinrichten"
"äläkä ole hermostunut, tai minä teloitan sinut paikan päällä"
Das schien den Zeugen überhaupt nicht zu ermutigen
Tämä ei näyttänyt rohkaisevan todistajaa lainkaan
Er rutschte immer wieder von einem Fuß auf den anderen
Hän siirtyi jatkuvasti jalasta toiseen
und er sah die Königin unruhig an
ja hän katsoi levottomana kuningatarta
und in seiner Verwirrung biß er ein großes Stück aus seiner
Teetasse
ja hämmennyksessään hän puri suuren palan teekupistaan
Eigentlich wollte er von seinem Brot und seiner Butter
beißen
Oikeastaan hän aikoi purra leivästään ja voistaan
In diesem Augenblick fühlte Alice eine sehr merkwürdige
Empfindung
Juuri tällä hetkellä Alice tunsi hyvin utelias tunne
Sie fing an, wieder größer zu werden
Hän alkoi taas kasvaa suuremmaksi
Der unglückliche Hutmacher ließ seine Teetasse fallen
Kurja hatuntekijä pudotti teekuppinsa
und das Brot und die Butter fielen zu Boden
ja leipä ja voi putosivat maahan
und er fiel auf die Knie
ja hän laskeutui polvilleen
»Ich bin ein armer Mann, Eure Majestät,« begann er
"Minä olen köyhä mies, teidän majesteettinne", hän aloitti
»Du bist ein sehr schlechter Redner,« sagte der König
"Sinä olet hyvin huono puhuja", kuningas sanoi
»Du darfst gehen,« sagte der König
»Saatte lähteä», sanoi kuningas
und der Hutmacher verließ eilig den Hof

ja hatuntekijä lähti kiireesti tuomioistuimesta

»Rufen Sie den nächsten Zeugen her!« sagte der König

"Kutsu seuraava todistaja!" kuningas sanoi

Der nächste Zeuge war die Köchin der Herzogin

Seuraava todistaja oli herttuattaren kokki

Sie trug die Pfefferdose in der Hand

Hän kantoi pippurilaatikkoa kädessään

Und die Leute in der Nähe der Tür fingen auf einmal an zu niesen

ja oven lähellä olevat ihmiset alkoivat aivastella kerralla

»Geben Sie Ihre Aussage,« sagte der König

»Todistakaa», sanoi kuningas

»Ich will nichts beweisen,« sagte die Köchin

»Minä en tahdo todistaa», sanoi kokki

Der König sah das weiße Kaninchen ängstlich an

Kuningas katsoi huolestuneena valkoista kania

Und das weiße Kaninchen sprach mit leiser Stimme

ja valkoinen kani puhui hiljaisella äänellä

"Eure Majestät müssen diesen Zeugen ins Kreuzverhör nehmen"

"Majesteettinne täytyy ristikuulustella tätä todistajaa"

»Nun, wenn ich muß, so muß ich,« sagte der König

"No, jos minun täytyy, minun täytyy", kuningas sanoi

"Woraus bestehen Torten?"

"Mistä tortut on tehty?"

»Torten werden meistens aus Pfeffer gemacht«, sagte die Köchin

"Tortut valmistetaan enimmäkseen pippurista", kokki sanoi

Einige Minuten lang war der ganze Hof in Verwirrung

Muutaman minuutin ajan koko tuomioistuin oli sekaisin

Schließlich ließen sie sich alle wieder nieder

Lopulta he kaikki asettuivat jälleen aloilleen

Aber da war die Köchin schon verschwunden

Mutta siihen mennessä kokki oli kadonnut

»Macht nichts!« sagte der König

"Älä välitä!" sanoi kuningas

"Rufen Sie den nächsten Zeugen in den Zeugenstand"

"Kutsu korokkeelle seuraava todistaja"
Alice beobachtete das weiße Kaninchen, wie es an der Liste herumfummelte
Liisa katseli valkoista kania, kun tämä haparoi listaa
Sie können sich vorstellen, wie überrascht sie war, als sie das hörte, was sie als nächstes hörte
Voit kuvitella hänen hämmästyksensä siitä, mitä hän kuuli seuraavaksi
Mit lauter schriller kleiner Stimme rief er den Namen »Alice!«
kimeän pienen äänensä huipulla hän kutsui nimeä "Alice!"

Alices Beweise
Alicen todisteet

»Hier!« rief Alice
"Tässä!" huudahti Liisa
Sie sprang in großer Eile auf
Hän hyppäsi ylös suurella kiireellä
und sie kippte die Geschworenenloge um
ja hän kaatui tuomariston laatikon yli
und sie warf alle Geschworenen um
ja hän kaatoi kaikki tuomarit
und sie fielen auf die Köpfe der Menge unten
ja he putosivat alla olevan väkijoukon päähän
Alice war in großer Bestürzung
Liisa oli suuressa tyrmistyksessä
»Oh, ich bitte um Verzeihung!« rief sie aus
"Voi, pyydän anteeksi!" hän huudahti
»Der Prozeß kann nicht fortgesetzt werden,« sagte der König
"Oikeudenkäynti ei voi jatkua", kuningas sanoi
"Die Geschworenen müssen wieder an ihre angestammten Plätze zurückkehren"
"Tuomariston on palattava oikeille paikoilleen"
Er wiederholte den Befehl mit großem Nachdruck
Hän toisti käskyn hyvin painokkaasti
und er sah Alice streng an
ja hän katsoi Liisa ankarasti
"Was weißt du über diese Ereignisse?" fragte der König Alice
"Mitä sinä tiedät näistä tapahtumista?" kuningas kysyi Liisalta.
»Ich weiß nichts von der Sache,« sagte Alice
»Minä en tiedä siitä mitään», sanoi Liisa
Dann las der König aus seinem Buch vor
Sitten kuningas luki kirjastaan
"Regel zweiundvierzig"
"Sääntö neljäkymmentäkaksi"
"Alle Personen, die mehr als eine Meile hoch sind, sollen das Gericht verlassen"
"Kaikkien yli mailin korkuisten henkilöiden on poistuttava

kentältä"
»Ich bin keine Meile hoch,« sagte Alice
"En ole mailin korkuinen", sanoi Liisa
»Fast zwei Meilen hoch,« sagte die Königin
"Lähes kahden mailin korkuinen", kuningatar sanoi

»Nun, ich weigere mich zu gehen,« sagte Alice
"No, minä kieltäydyn lähtemästä", sanoi Liisa
Der König erbleichte
Kuningas muuttui kalpeaksi
und er schloß hastig sein Notizbuch
ja hän sulki kiireesti muistikirjansa
**»Überlegen Sie sich Ihr Urteil«, sagte er zu den
Geschworenen**
"Harkitse tuomiotasi", hän sanoi valamiehistölle
Er sprach mit leiser, zitternder Stimme
Hän puhui matalalla, vapisevalla äänellä
Da sprach das weiße Kaninchen

Sitten valkoinen kani puhui
"Es werden noch mehr Beweise kommen"
"Lisää todisteita on vielä tulossa"
und er sprang in großer Eile auf
ja hän hyppäsi ylös suurella kiireellä
"Dieses Papier wurde gerade abgeholt"
"Tämä paperi on juuri noudettu"
"Es scheint ein Brief des Gefangenen zu sein"
"Se näyttää olevan vangin kirjoittama kirje"
Er faltete das Papier auseinander, während er sprach
Hän avasi paperin puhuessaan
"Es ist doch kein Brief"
"Sehän ei ole kirje"
"Was es war, war eine Reihe von Versen"
"Se oli joukko jakeita"
»Bitte, Eure Majestät,« sagte der Spitzbube
»Olkaa hyvä, majesteettinne», sanoi konna
"Ich habe diese Verse nicht geschrieben"
"En kirjoittanut niitä jakeita"
"und sie können nicht beweisen, dass ich etwas geschrieben habe"
"eivätkä he voi todistaa, että kirjoitin mitään"
"Am Ende ist kein Name unterschrieben"
"Lopussa ei ole allekirjoitettua nimeä"
Der König sprach mit dem Spitzbuben
Kuningas puhui konnalle
"Du musst vorgehabt haben, Unheil anzurichten"
"Sinun on täytynyt olla tarkoitus aiheuttaa pahaa"
"Sonst hättest du wie ein ehrlicher Mann unterschrieben"
"muuten olisit allekirjoittanut nimesi kuin rehellinen mies"
Es gab ein allgemeines Händeklatschen
Kuului yleinen käsien taputtelu
Und der König wandte sich an das weiße Kaninchen
ja kuningas kääntyi valkoisen kanin puoleen
»Lest die Verse!« befahl er.
"Lue jakeet", hän käski
Es herrschte Totenstille im Gerichtssaal

Oikeudessa vallitsi kuollut hiljaisuus
und das weiße Kaninchen las die Verse vor
ja valkoinen kani luki jakeet
Sie sagten mir, du wärst bei ihr gewesen
He kertoivat minulle, että olit käynyt hänen luonaan
Und sie erwähnten mich ihm gegenüber
Ja he mainitsivat minut hänelle
Sie gab mir einen guten Charakter
Hän antoi minulle hyvän luonteen
Aber sie sagte, ich könne nicht schwimmen
Mutta hän sanoi, etten osannut uida
Er ließ ihnen wissen, dass ich nicht gegangen sei
Hän lähetti heille sanan, etten ollut mennyt
Wir wissen, dass es wahr ist
Tiedämme sen olevan totta
**Wenn sie die Sache vorantreiben sollte, was würde aus dir
werden?**
Jos hän ajaisi asiaa eteenpäin, mitä sinusta tulisi?
Ich gab ihr einen, sie gaben ihm zwei
Annoin hänelle yhden, he antoivat hänelle kaksi
Du hast uns drei oder mehr gegeben
Annoit meille kolme tai enemmän
Sie sind alle von ihm zu dir zurückgekehrt
He kaikki palasivat häneltä luoksesi
obwohl sie vorher meine waren
vaikka he olivat minun ennen
Wenn ich oder sie die Chance haben sollte,
Jos minä tai hän sattuisin olemaan
Wenn ich oder sie in diese Affäre verwickelt wäre
Jos minä tai hän olisi sekaantunut tähän tapaukseen
Er vertraut auf dich, dass du sie befreien wirst
Hän luottaa siihen, että vapautat heidät
Genau so wie wir waren
Juuri sellaisia kuin olimme
Ich hatte den Eindruck, dass Sie
Minun käsitykseni oli, että olit ollut
Bevor sie diesen Anfall hatte

Ennen kuin hänellä oli tämä kohtaus
Ein Hindernis, das dazwischen kam
Este, joka tuli väliin
Er und wir und es
Hän, ja me itse, ja se
Lass ihn nicht wissen, dass sie ihr am besten gefallen haben
Älä kerro hänelle, että hän piti niistä eniten
Denn dies muss für immer ein Geheimnis bleiben, das vor allen anderen verborgen bleibt
Sillä tämän täytyy ikuisesti olla salaisuus, joka pidetään salassa kaikelta muulta
Dieses Geheimnis muss ein Geheimnis zwischen dir und mir bleiben
Tämän salaisuuden täytyy pysyä salaisuutena sinun ja minun välillä
Der König war sehr beeindruckt
Kuningas oli hyvin vaikuttunut
"Das ist das wichtigste Beweisstück, das wir bisher gehört haben"
"Se on tärkein todiste, jonka olemme tähän mennessä kuulleet"
»Ich glaube nicht, daß diese Verse auch nur ein Atom Bedeutung haben,« wandte Alice ein
"En usko, että noissa jakeissa on merkityksen atomia", Liisa vastusti
der König hatte seine eigene Meinung zu dieser Angelegenheit
kuninkaalla oli oma mielipiteensä asiasta
"Wenn diese Worte keinen Sinn haben, erspart das eine Menge Ärger"
"Jos noilla sanoilla ei ole merkitystä, se säästää maailman ongelmia."
"Dann brauchen wir nicht zu versuchen, den Sinn zu finden"
"Silloin meidän ei tarvitse yrittää löytää merkitystä"
"Lassen Sie die Geschworenen über ihr Urteil nachdenken"
"Anna valamiehistön harkita tuomiotaan"
»Nein, nein!« sagte die Königin

"Ei, ei!" kuningatar sanoi

"Erst die Verurteilung, dann das Urteil"

"Tuomio ensin – tuomio sen jälkeen"

"Zeug und Unsinn!" sagte Alice laut

"Tavaraa ja hölynpölyä!" sanoi Liisa kovaan ääneen

"Wie dumm ist es, den Angeklagten zuerst zu verurteilen!"

"Kuinka typerää on tuomita vastaaja ensin!"

»Schweige!« sagte die Königin und färbte sich violett an

"Pidä kielestäsi kiinni!" kuningatar sanoi muuttuen violetiksi

"Ich werde nicht den Mund halten!" sagte Alice

"Minä en pidättele kieltäni!" sanoi Liisa

schrie die Königin aus voller Kehle

kuningatar huusi äänensä huipulla

"Hack ihr den Kopf ab!"

"Leikkaa hänen päänsä irti!"

Niemand machte eine Bewegung

Kukaan ei tehnyt liikettä
"Wen kümmert es, was du sagst?" sagte Alice
"Ketä kiinnostaa, mitä sanot?" kysyi Liisa
Zu diesem Zeitpunkt war sie bereits zu ihrer vollen Größe herangewachsen
Hän oli kasvanut täyteen kokoonsa tähän mennessä
"Du bist nichts als ein Kartenspiel!"
"Olet vain korttipaketti!"
Bei diesen Worten hoben sich alle Karten in die Luft
Tässä vaiheessa kaikki kortit nousivat ilmaan
und alle Karten flogen auf sie herab
ja kaikki kortit lensivät hänen päälleen
Sie stieß einen kleinen Schrei aus
Hän huusi vähän
Sie war halb erschrocken, aber auch wütend
Hän oli puoliksi peloissaan, mutta myös vihainen
Und sie versuchte, sich gegen die Karten zu wehren
ja hän yritti taistella kortit pois itsestään
Und dann fand sie sich auf der Grasbank liegend
Ja sitten hän löysi itsensä makaamasta nurmikolla
Ihr Kopf lag im Schoß ihrer Schwester
Hänen päänsä oli sisarensa sylissä
Einige abgestorbene Blätter waren auf ihrem Gesicht gelandet
Jotkut kuolleet lehdet olivat laskeutuneet hänen kasvoilleen
und ihre Schwester wischte vorsichtig die Blätter weg
ja hänen sisarensa harjasi lehtiä varovasti pois
»Wach auf, liebe Alice!« sagte die Schwester
"Herää, Liisa rakas!" sanoi hänen sisarensa
"Was für einen langen Schlaf hast du gehabt!"
"Kuinka kauan sinulla onkaan ollut!"
"Oh, ich habe so einen merkwürdigen Traum gehabt!" sagte Alice
"Voi, olen nähnyt niin omituisen unen!" sanoi Liisa
Und sie erzählte ihrer Schwester alles, woran sie sich erinnern konnte
Ja hän kertoi sisarelleen kaiken, mitä hän muisti

all die seltsamen Abenteuer, von denen Sie gerade gelesen haben

Kaikki oudot seikkailut, joista olet juuri lukenut

Alice stand auf und rannte davon

Liisa nousi ylös ja juoksi karkuun

Und während sie lief, dachte sie an ihren Traum

ja juostessaan hän ajatteli untaan

"Was für ein wunderbarer Traum das gewesen war!"

"Mikä ihana uni se olikaan ollut!"